I0656592

Peter   Altenberg

Semmering 1912

Peter   Altenberg

Semmering 1912

ISBN/EAN: 9783337457242

Hergestellt in Europa, USA, Kanada, Australien, Japan

Cover: Foto ©Andreas Hilbeck / pixelio.de

Weitere Bücher finden Sie auf **www.hansebooks.com**

In memoriam

„Mama Beth"

in immerwährender Freundschaft und Dankbarkeit.

Das schönste Denkmal,
das ein Mensch bekommen kann,
steht in den Herzen seiner Mitmenschen.

The most beautiful monument
a person can have
is one that is in the hearts of others.

(Albert Schweitzer)

Peter Altenberg (Signatur)

„Semmering 1912"

von

Peter Altenberg

S. Fischer, Verlag, Berlin

1919

„Semmering 1912"

von

Peter Altenberg

S. Fischer, Verlag, Berlin
1919

Fünfte und sechste vermehrte Auflage.

Alle Rechte, besonders das der Übersetzung, vorbehalten.
Copyright 1913 S. Fischer, Verlag, Berlin.

11

INHALT

13

15

16

Dieses Buch ist gewidmet den Damen:

Lilly Steiner
Gretl Engländer
Kamilla von Nagy
Ilci Honus
Cäcilia Brandstätter
Frieda Frank
Lioschka Maliniéwich
Mitzi Thumb
Frau Machlup

BERGESWELT

Bergesregionen, dort wo „nichts mehr gedeiht" als Krummholz, sturmgebogen, ist seit jeher meine „Märchenwelt"! Nach 40 Jahren fand ich das wieder auf dem „Falzarego-Passe", „Tre Croce", „Pordoijoch-Paß". Weißgraue Felstrümmer, schwarze triefende Erde, Zirbelkieferwälder bis an die Hotels herankriechend. Von Felsen träufelt, rieselt es, Nebelfetzen überall. Nichts will gedeihen als die *Edel-Einsamkeit*. Vor dem Pordoijoch-Hotel grauschwarze Wälder von dichtem Erlengebüsch, dem der Bergsturm nichts antut. Es braust nur und erschauert. Daß hier nichts mehr gedeiht, ist die *Düster-Romantik* der Bergeswelt. Keine Farbe einer Blume, kein Schrei eines Vogels, kein Schmetterling, kein Käfer. Diese *tönende Eintönigkeit*! Eine schrieb ins Fremdenbuch ein: „Ohne Jemanden nicht leben können und wollen, selbst wenn man es vorher bestimmt geglaubt hatte, es sei unmöglich, — — — *hier vergißt man darauf*!"

BOZEN

Auf dem Hauptplatze in Bozen steht das Walther von der Vogelweide-Denkmal aus Sandstein. Er hat die Stellung des Wolfram von Eschenbach, bevor er das Lied singt an die selbstlos Geliebte. Das ist sehr gut. Denn auch Vogelweide war so Einer. Er besaß die Kraft, zu singen und zu weinen! Nun setzten sich gerade auf seine Kappe zwei Tauben, und pflogen emsig der Liebe! Vogelweide hielt ganz still dabei, in seine Träumereien versunken von Liebesleid, gönnte den Tauben ihr billiges, leicht erreichbares Vergnügen.

GARTENGEDANKEN

Ich habe nichts hinzugelernt durch das ausgezeichnete Buch „Gartengestaltung der Neuzeit", und dennoch habe ich das Höchste profitiert — die Festigung meiner Intuitionen! Gärten wirkten seit jeher auf mich wie die Natur selbst; so eine eingefangene und dennoch freigelassene Natur, ein Extrakt derselben! Unser Wiener Rathauspark ist mir ein Muster, nur fehlt ihm die romantische Verwendung von Wasser in Form von unregelmäßigen Bassins und Wiesenbächlein samt Wasser- und Sumpfpflanzen! Ich schrieb schon vor 15 Jahren eine Skizze: „Der Farbengarten". Zum Beispiel Graufichte, Picea pungens glauca, graue Bodenbedeckungspflanzen, grauer Steinbrunnen und Rosen, Rosen, Rosen. Irgendwo an einem Baumast ein silberner großer Käfig mit einem grauen Papagei, Lori! Zwei-Farben-Gärten! Nun einige Anregungen: weite Rasenflächen sind still-aristokratisch, werden aber durch alte, knorrige, spärlich unregelmäßig hingesetzte Obstbäume sofort bewegt-romantisch! Es dürfte nie heißen: ein Garten, sondern immer nur: sein Garten. Goethe hat einen andern Garten als Victor Hugo.

Wasserpflanzen und Steinpflanzen erfordern Bassins und Mauern. Diese können aber nicht diskret bescheiden genug sein. Der Kurpark in Baden bei Wien entspringt gleichsam einer dunklen, echten Waldquelle, die die Wiesenabhänge herabstürzt, sich zerteilend und winzige Tümpel bildend. Hier ist die Natur am allerdiskretesten organisiert! Ein enragierter Feind jedoch bin ich seit jeher der Teppichbeete, die mir wie als Smyrnateppiche mißbrauchte Blumenpracht erscheinen. Man überlasse diese stilisierten Farbensymphonien den Webern und Knüpfern. Ich bin gegen die Riesenlineale, Riesenzirkel, gespannten Stricke der Gartenkunst! Rhabarber erscheint im Gemüsegarten als Nutzpflanze, an Teichen jedoch als Wildstaude, pittoresk. Jeder Platz eine andere Welt!

Waldrebe, Klematis, ist, an alten Bäumen, unsre „Liane des Urwalds". Der Boden ist so reich, daß er auch noch die Schmarotzer in Üppigkeit erhalten kann. Immergrün als Bodenbedeckung ist ein natürlicher Rasen. Rasen braucht doch Schneiden, Spritzen, Walzen und Düngen. Rasen will „gepflegt, gehegt" werden. Immergrün ist einfach immer grün. Es läßt den Wurzeln aller andern Pflanzen das Regenwasser, das Gießwasser, das Tauwasser, das Schneewasser, während der Rasen sich vollsauft und andre verdursten läßt! Selbst im Winter gibt Sedum spurium noch einen lebendigen bräunlichgrünen Bodenüberzug, während unser Rasen dann nur „Winterlieder zum Cello" in der Seele hervorbringt. Sedum spurium wirkt körperlicher, plastischer, naturgemäßer, dichter, verworrener als Rasen, der mir stets den Eindruck von geschnittenem Samt und Plüsch hinterläßt.

Ich bin sehr für Trockenmauerwerk mit schmiedeeisernen Geländern und dicht bepflanzt mit Kapuzinerkresse. Wie wenn die überstarke Natur auch da noch Stein und Eisen schmücken möchte mit Grün und Dunkelgelb. Zur Schlingpflanze gehört ihre *Stütze*. Man *soll* sie sehen, sie ist ein naturgemäßer Schmuck. Ihr Holzgitterwerk kann daher sogar aus Edelholz sein, oder in diskreten Ölfarben, Ocker, Ruß, steingrau. Ich weiß nicht, weshalb man nicht an niederen Ästen von exotischen Bäumen, Tulpenbaum, Trompetenbaum, herrliche Käfige mit exotischen Vögeln aufhängt, so als Urwaldstaffage?! Brombeere, Himbeere, Kletterrose sind mir ein sympathisches Dickicht, so Dornröschenwald, undurchdringlich einsam. Weshalb sind Villen nicht dicht bedeckt mit Bauerngärtengeranke?! Ein Überfluß der Reichen und der Armen.

Steinplattenwege im Garten, in deren Fugen Blumen sprießen, sind romantisch. Das Haus ströme gleichsam in den Garten aus, erweitere sich, erhöhe sich zum Garten, verliere seine Bedachungen, an deren Stelle der blaue Himmel, die graue Wolke tritt. Ich sah an einem Lindenpark ein dickes rotes Backsteinportal mit eichener Holztür. Da können keine Talmimenschen wohnen, sondern nur gediegene. Grellrote Holzpforte zwischen Granitmauern. Gelbe Eschenholzpforte zwischen weiß-schwarzen Betonmauern.

Weiße Rankrosen geben Märchenstimmung. Gartenlaube am Wasser, Nachmittagstraumplatz. Buchenjungwald, wunderbar im Vorfrühling und im Spätherbst. Ein Teppich von raschelnden braunen Blättern darunter. „Warte nur, balde ruhest du auch!"

Weshalb bepflanzt man die Bergwiesen in Berggärten (Semmering) nicht dicht mit Wacholder, Rhododendron, Zirbelkiefer, das, was Rax und Schneeberg von selbst leisten in ihrem künstlerischen Naturgeschmack?! Stauden vor Gebüsch, ein ideales Ausklingen! Birken, Schlehen, Eriken, und schon ahnst du den Sandboden der „Mark". Mit gewissen Pflanzen kannst du ferne Gegenden herzaubern! Meine Lieblingsbäume: Lärche, Graufichte, Knieholz, Blutbirke, Rotbuche, Weide! Wasser, Wasser, fließend oder stehend, du bist der Dichter in dieser Realität: Landschaft! Du bringst die Romantik, die Musik der Landschaft!

Des Teiches Stille singt des Lebens Schwermut.
Des Baches Murmeln klingt wie Wiegenkindes Plaudern
    aus dem Traum.
Der Wasserfall singt dir von einer Welt, deren Getöse
    auch *nicht mehr* enthält!

Springbrunnen's Melodie bei Tag und Nacht,
die sanften Herzen melancholisch macht.
Der Sommerregen trommelt auf hunderttausend Blätter,
dürstenden Blumen zärtlicher Erretter!
Über dem Gartensumpf schwirrt die Libelle,
Vom Froschsprung klagt ans Ufer eine Welle!
Gießkannen rieseln sanft auf schwarze Erde,
damit die Pracht des Sommers baldigst werde!
Hörst du dem Brünnlein lange, lange zu,
kommt über dich unmerklich Fried' und Ruh'!
Oh Mensch, worauf willst du denn ewig warten?!
Such' deine *kleine große* Welt in deinem Garten!

MODERNER DICHTER

In unserm Leben gibt's so viel Nuancen — — —
Die eine sagt: „Arzt meiner kranken Seele!"
Die andre sagt: „Wie schrecklich er nur aussieht!"
Die eine lauscht begierig der Persönlichkeit,
die andre sieht pikiert den Gegensatz zu den andern!
Die eine schreibt: „Darf ich zu Ihnen kommen?!"
Die andre hält's bereits für zynisch, wenn er im
      Gespräch
sanft-zärtlich ihre Hand berührt.
Die eine sagt: „Ein Romantiker ohne Herz!"
Die andre sagt: „Ein Herzlicher ohne Romantik!"
Und eine jede sieht ein „für" und „wider" — — —
und keine spürt, daß „für" und „wider" *eins* ist
in einem, in dem „für" und „wider" *zugleich* sind!

DIE TÄNZERIN

Das Kind, allein in der Garderobe der Tänzerin, ordnet liebevollst alles — —.

Sie setzt sich dann in eine Ecke auf ein niedriges Stockerl, kauernd in sich versunken.

Die Tänzerin kommt, erhitzt, erregt vom Tanzen.

Sie setzt sich an den Toilettetisch.

Sie wendet sich um, erblickt das kauernde Kind.

„Immer, Marie, kauerst du da in der Ecke in meiner Garderobe, stundenlang. Wird dir denn das nicht langweilig?!?"

„Nie, Fräulein! Nur Menschen, die ich nicht lieb habe, langweilen mich. Menschen, die ich lieb habe, langweilen mich nie! Wodurch sollten sie es?!? Alles an ihnen ist mir wert und teuer. Ich könnte ihnen zuschauen von früh bis abends."

Die Garderobiere blickt herein:

„Was ist das, Mizerl, schon wieder da?! Das Fräulein wird sich bedanken. Entschuldigen Sie, Fräulein, der Fratz ist gar so romantisch veranlagt. Der Vater sagt immer: ‚Wie du zu uns ehrsamen Bürgersleuten kommst — — —.‘ Gestern hat sie beim Nachtmahl gesagt: ‚Jetzt verbrenn' ich alle meine dummen Märchenbücher — — — ich habe eine lebendige Fee gefunden!‘ So ein Fratz, was?! Man sollt's nicht für möglich halten. Aber bitt' Sie, 10 Jahre!? Sie wird's schon billiger geben mit den ‚lebendigen Feen‘! Die Männer tun uns beizeiten die Märchen austreiben — — —." Ab.

Das Kind: „Meine Mutter blamiert mich vor Ihnen. Sie versteht gar nichts von meiner Andacht. Ich habe eine

Andacht für Sie, obwohl Sie nur eine Tänzerin sind!"

Es klopft.

„Blumen abzugeben von einem Herrn von Willigsdorf — — —."

Türe zu.

Es klopft.

„Ah, Max — — —."

„Ich bin entzückter von dir als je. Du hast dich, gestatte mir die konventionelle Phrase, selbst übertroffen. Aber das empfinde ich! Gott, daß diese kalten Kerls das mitgenießen dürfen!? Aber Gott sei Dank, sie könnens nicht! Nur ich kann es, nur ich kann es, nur, nur ich! Wenn du mir das wenigstens glauben könntest, Hélèn, nur das wenigstens. Es wäre fast alles! Mehr brauchte man ja eigentlich gar nicht!"

„Ich glaube es dir, Max, sonst könntest du es unbedingt nicht so leidenschaftlich überhaupt vorbringen!"

„Diese schönen Blumen! Irgend jemand versucht es mit 50 Kronen mein Lebensglück zu zerstören!"

„Jawohl, Max, alle versuchen das, andere wollen es sogar noch billiger unternehmen und geschickter. Aber alles hängt bei uns Frauen von unserem guten Willen ab; und den habe ich nur für dich! Es ist vielleicht ein Zufall, aber es ist so, Max!"

Er führt ihre Hand tief gerührt zum Munde. Das Kind steht auf, küßt ihm ehrerbietigst die Hand.

„Wer ist dieses Kind?!?"

„Es ist das Töchterchen unserer Garderobiere! Sie kauert immer in der Ecke meiner Garderobe, hält alle meine Sachen in bester peinlichster Ordnung — — —."

„Hast du die Tänzerin auch so lieb wie ich — —."

„Das kann ich nicht wisse — — —."

„Möchtest du ihr alles, alles verzeihen, sogar wenn sie dir ganz ohne Grund eine schreckliche Ohrfeige gäbe?!?"

„Ja, ich möchte es ihr ganz gewiß verzeihen, wegen

ihres Tanzens, das ich gesehen habe. Ich möchte mir nur denken: Weshalb tust du das einem Menschen an, der dich so lieb hat?! Wenn du eine Ohrfeige austeilen willst, gib sie doch lieber einem, dem du gleichgiltig bist! Der spürt es doch weniger schmerzlich — — —."

„Ich glaube, du bist eine gefährlichere Konkurrentin für mich als die Herren, die Blumen schicken — — —."

Ab.

Es klopft.

Der Theatermeister.

„Herr Theatermeister, Sie haben wieder zu spät hell gemacht, wenn die Sonne bei meinem Tanze endlich sieghaft durchdringen sollte. Es ist schrecklich. Ich glaube, Sie machen es absichtlich — —."

„Fräulein, so etwas lasse ich mir von niemandem sagen. Das ist eine Gemeinheit, Sie verzeihen schon — — —."

Die Tänzerin legt ihren Kopf auf den Toilettetisch, beginnt bitterlich zu weinen. Das Kind erhebt sich langsam, macht einen Schritt gegen den Theatermeister, streckt sich, hebt den Arm, sagt: „Hinaus, Sie roher Mensch!"

Der Theatermeister geht langsam ab.

Das Kind kauert wieder in seiner Ecke. Die Tänzerin weint wie ein Kind. Dann trocknet sie ihre Tränen.

Sie wendet sich nach dem Kinde um.

„Niemand hat mich so lieb wie du, niemand — — —."

Das Kind erhebt sich, steht kerzengerade: „Ich möchte alle töten, die Ihnen etwas Böses antun, Fräulein — — —!"

Ein Diener bringt eine Karte.

„Bitte — — —."

Ein älterer Herr tritt ein.

„Mein Sohn hat sich gestern erschossen, Ihretwegen — — —. Konnten Sie ihm wirklich nicht helfen, daß er diese seelische Krankheit besiege?!?"

„Nein, ich konnte es nicht, obzwar ich ihm dezidiert sagte, daß er mir völlig unsympathisch sei!"

„Vielleicht hätten Sie es ihm eben nicht so dezidiert sagen sollen — — —."

„Pardon, mein Herr, ich mußte es! Ich bin eine arme Tänzerin, ausgesetzt ununterbrochen allen Gefahren, die es überhaupt für eine Frau gibt! Überlassen Sie mir das heilige Recht, gegen Eindringlinge, gegen ‚Buschklepper der Seele‘, ‚Rowdys der Seele‘, mich zu wehren!"

„Ich bitte Sie um Verzeihung, Fräulein. Ich bin aber der unglückselige Vater — — —."

Ab.

Das Kind stürzt zu den Füßen der Tänzerin hin: „Was haben Sie da angestellt, Fräulein?!?"

„Kind, das verstehst du nicht, das verstehst du nicht — — —. Das Leben stellt so viel Schreckliches mit uns an, und wir, wir können es nicht hindern — —."

Das Kind kauert weinend in seiner Ecke.

Der Theatermeister erscheint:

„Fräulein, es kommt gleich Ihr Tanz in der Krinoline — — —."

„So, ich danke Ihnen. Bringen Sie aber die Beleuchtung richtig diesmal."

„Gewiß Fräulein — — —."

„Und du, Kind, warte auf mich hier. Ich kann dich nicht mehr entbehren — — —."

Vorhang.

ZWEI SKIZZEN

Das kleine Leben

Ich sah Arbeiter an einer Telegraphenstange arbeiten, die im Hochwald der Nachtsturm zerbrochen hatte, von 7 Uhr morgens bis 6 Uhr abends. Es frappierte mich, wie sorgenlos sie waren, keine Spur eines Gedankens darüber, ob es denn dafürstehe, auf die Welt gekommen zu sein, um abgebrochene Telegraphenstangen im Hochwald, der dem Fürsten gehört, wieder praktikabel zu machen. Im Gegenteil, sie schienen es für das Wichtigste von der Welt zu halten, daß die Telegraphenstange sobald als nur irgend möglich wieder hergestellt werde. Es waren Telegraphenstangenärzte. Um sie herum waren Gimpel und Eichkätzchen auf Altfichten, Regen kam, Nebel und wieder Sonne; aber immer war alles konzentriert auf die Errichtung der Telegraphenstange. Ihr gehörte ihre ganze Sorge, sie war ein Teil des Weltgetriebes. Es gab Genies unter diesen Arbeitern, die alles mit einem Schlag erfaßten, was zu tun war; dann waren Bedächtige, Vorsichtige; und dann waren Tagarbeiter nach vorgeschriebener Pflicht. Die ganze Menschheit also war eigentlich um diese Telegraphenstange im fürstlichen Hochwald versammelt. Ich ging vorüber und verteilte Trabukos, a la Kaiser Josef, nur billiger. Weshalb nicht?! Das Prager Tagblatt hatte mir doch gerade für Nachdruckhonorare 9 Kr. geschickt. Nachdrucken ist doch schon Ehre genug. Das Geld setzte ich teilweise in Mäzenatentum und in Menschheitsbeglückung um. Die Arbeiter waren ganz verblüfft. Einer sagte: „Auf der

Liechtensteinstraße hat der Sturm einen halben Meter dicke Bäume abgeschlagen!" Diese Mitteilung war eine Art von Revanche für meine Liebenswürdigkeit. „Ist es möglich?!" sagte ich freundlich erstaunt, und ging befriedigt von dannen.

Liebesgedicht

Niemand beachtete dich, edle, verschwiegene Goldrote, in dienender Stellung.....

Ich zog dich hervor aus deinem Versteck und segnete dich.

Da wurden die anderen aufmerksam, schickten Blumen und Briefe....

Da zog ich mich zurück.

„Sind Sie eifersüchtig?!" sagte sie.

„Nein, aber ich hasse die *elende Dummheit* der Männer, die erst einen alten kranken glatzköpfigen Bettler brauchen.... Wer, wer sagte mir, daß man um Sie sich grämen dürfe...?!?"

„Aber um Gotteswillen, irgend jemand muß einen doch entdecken, wozu sind denn die Dichter da?!?"

ERZIEHUNG

Ich habe einen scharfen Blick für Mütter, die die „Persönlichkeit" ihres geliebten Kindchens achten und berücksichtigen. Es sind das sogenannte *Künstlernaturen des Lebens selbst*! Sie betrachten ihr Kindchen als ein von ihnen geschaffenes „lebendiges Kunstwerk", apart und vor allem den meisten unverständlich, die mit dem Ausspruche: „ein ganz nettes Kind, nichts weiter", ihre künstlerische Unfähigkeit klar erweisen. Merkwürdigerweise funktionieren so brutal-verallgemeinernd *fast alle Väter*, die immer nur den Herrn Hofrat wittern, der einst, in der Ferne, erscheinen soll und zu dem Kindchen sagen soll: „Du bist mein alles!" Daß das gar kein Kompliment sein wird für das Töchterchen, spüren sie nicht! Du bist *mein* alles, ja, aber *wessen* alles, darauf kommt es an! Viele Mütter hingegen haben eine künstlerische melancholische Zärtlichkeit. Sie teilen das Leben ihres Kindchens in „interessante, spannende, merkwürdige Lebenskapitel" ein, sind selbst äußerst gespannt, wie der Roman enden werde, während die Väter ein biblisches Dogma aufstellen, über das das Leben jedoch nur ein flüchtiges Lächeln hat. Mütter wissen, wie ihr Kindchen geht, steht, sitzt, wann es verlegen ist oder düster, Väter wissen höchstens, ob es „Stuhl" gehabt habe, und das wissen sie nicht einmal. Ein schreckliches Wort leitet sie durchs ganze Leben ihres Kindes, das Wort „*gediegen*". Alles soll „gediegen" sein, die Lehrer, die Gouvernanten, der „Zukünftige", der „Charakter". Das ganze kommt mir vor, wie das Wort „gediegenes Gold", das auszusprechen schon eine Art Berauschungsmittel ist! Ich glaube nicht, daß Eleonora Duse, Sarah Bernhardt, Yvette Guilbert, Fanny Elsler, Adelina Patti, Bird Millman, Barbarina Campanini sehr „gediegen" waren, jedesfalls war es eine *höchst nebensächliche* Eigenschaft dieser Damen, deren Väter jedesfalls auch nur sich „Gediegenheit" erwünscht hatten für ihre Töchterchen! Mütter *„beobachten"* das Leben ihrer Kinder, Väter *schreiben* es *ihnen vor*! Sie sind selbst durch Beruf, Sorge, Eitelkeit, Ehrgeiz, Konkurrenz, Rücksichten Geknechtete des Daseins, erwünschen dasselbe daher ihren Sprößlingen. Künstlerisch empfindsame Mütter hingegen *trauern* um ihr eigenes *Lebensgefängnis*, möchten ihren geliebten Töchterchen den weißen Flug gönnen ins „romantische Land"!

PLAUDEREI

Ausspruch eines fünfjährigen Mädels:

„Wenn man alleweil brav ist, wissen die Leut' dann gar nicht, ob man noch auf der Welt ist!"

Die Eltern tragen mir ununterbrochen Anekdoten über ihre vergötterten Kindchen zu. Sie sind tief überzeugt davon, daß es gerade mich interessiere! Ich interessiere mich auch wirklich *dafür*, daß sie alle *so tief überzeugt davon sind*, daß ich mich dafür *interessiere*! Denn diesen schönen Schein zu erwecken, heißt eben ein Dichter sein! Und als das möchte man doch gerne gelten, wenn man schon weder Beruf noch Geld hat, nicht?!?

„Mein Knabe sagte mir gestern", „mein Mäderl sagte mir vorgestern", höre ich alle Tage zehnmal. Ob eines dieser kleinen Mistviecherl einmal zu der reichen Mama den genialen Ausspruch täte:

„Mama, wenn du mich wirklich lieb hast, dann gibst du diesem entzückenden alten kranken Dichter eine Monatsrate von fünfzig Kronen — — —!"

Ausspruch eines sechsjährigen Mäderls beim Abschied vom Semmering: „Ach, wie werde ich *fürder* ohne meinen geliebten Pinkenkogel und Sonnwendstein existieren können?!"

Ich hätte gerne geantwortet: „Sehr gut wirst du *fürder* existieren können, indem ich dir *fürder* für jeden affektierten, verlogenen, manierierten Ausspruch deinen Hintern aushauen werde — — —!"

LIED OHNE REIME

Ihr Reichen,
hab' ihr das Nachtmahl nicht bezahlen können im
      kleinen lieben Gasthaus — — —;
hab' mein Mädel verlieren müssen — — —;
hab' ihr ein Kleid für den Sonntagausgang nicht
      schenken können — — —;
hab' ihrem Bruder nicht ewig Zigarren kaufen
      können — — —;
hab' ihrer Schwester die Krankheit nicht bezahlen
      können — — —;
hab' ihrem Vater seinen Vierteljahrszins nicht geben
      können;
hab' mein Mädel nicht in den „Zirkus Schumann"
      führen können — — —;
und sie schwärmt doch so für edle Pferde — — —;
da hat einer zu ihr gesagt: „Ich gebe dreihundert
      Kronen monatlich und die Kostüme" — — —;
Ihr *Reichen*!
Hab' *mein Mädel* verlieren müssen — — —;
kann nur mehr Kleinigkeiten schenken,
zum Namenstag, zum Geburtstag und zu
      Weihnachten — — —.

FORELLENFANG

75 Kilometer lang ist das gesamte Gebirgswasser in Naßwald. Es ist flaschengrün, weiß und graugrün; es steht mäuschenstill in winzigen Felsbuchten, es schäumt bösartig weiß, es zieht gemächlich graugrün über flachen Kiesboden. Hinter *jedem* Stein eine Forelle! Kein Stein ohne Forelle dahinter, es wäre denn, daß sie gerade weggeangelt wurde. Hinter jedem Stein also lauert der heimtückische Insektenmörder. Plötzlich wird er von der Angelrute herausgeschnellt im Bogen. Man sieht etwas herrliches Silbernes und schon liegt es auf der Wiese. Man schlägt es an dem Fußabsatz ab, wenn es ein Regenwurmfang war, setzt es in den Bottich, wenn es ein Kunstfliegenfang war. Es gibt berühmte Kunstfliegenangler. Ihre Kunst besteht darin, die Kunstfliege so auf das Wasser hinzuwerfen, daß es wie eine echte aussieht. Das ist ja im Leben überhaupt oft so. So wird man berühmt. Man wirft den Köder aus, und — — die Forelle nimmt es für eine echte, und man hat sie! Forellenangeln und Naturfreund sein, ist eines! Denn man muß wandern, wandern von Stein zu Stein. Hinter jedem hockt eben eine. Und diese Wanderung befriedigt nur, wenn man die umgebende Natur herzlich lieb hat. Der Hecht verlangt keine Naturfreude vom Angler. Er steht irgendwo und man hat zu warten. Man wartet, wartet, bis das Ereignis eintritt. Dann beginnt die *Geschicklichkeit*. Aber mit der Natur hat es nichts zu tun. Es ist nur aufregend.

Der Forellenfänger liebt das Gebirgswasser leidenschaftlich, er vergißt darüber Weib und Kind, oft sogar das Essen. Er versenkt sich in die *Details* der Umgebung, ein *einziges* Zeichen *wirklichen* Genießens! Denn „in Bausch und Bogen" ist es brutal und wertlos! Er zieht dahin, von Stein zu Stein, er sieht alles, alles. Und wenn er ermüdet heimkehrt mit seiner reichen Beute, glaubt er etwas geleistet zu haben. Ja, denn er hat sich sogar einen urgesunden tiefen Schlaf verschafft!

SO WURDE ICH

Ich saß im 34. Jahre meines gottlosen Lebens, Details kann eine Tageszeitung unmöglich bringen, ich saß im Café Central, Wien, Herrengasse, in einem Raume mit gepreßten englischen Goldtapeten. Vor mir hatte ich das „Extrablatt" mit der Photographie eines auf dem Wege zur Klavierstunde für immer entschwundenen fünfzehnjährigen Mädchens. Sie hieß Johanna W. Ich schrieb auf Quartpapier infolgedessen, tieferschüttert, meine Skizze „Lokale Chronik". Da traten Arthur Schnitzler, Hugo von Hofmannsthal, Felix Salten, Richard Beer-Hofmann, Hermann Bahr ein. Arthur Schnitzler sagte zu mir: „Ich habe gar nicht gewußt, daß Sie dichten!? Sie schreiben da auf Quartpapier, vor sich ein Porträt, das ist verdächtig!" Und er nahm meine Skizze „Lokale Chronik" an sich. Richard Beer-Hofmann veranstaltete nächsten Sonntag ein „literarisches Souper" und las zum Dessert diese Skizze vor. Drei Tage später schrieb mir Hermann Bahr: „Habe bei Herrn Richard Beer-Hofmann Ihre Skizze vorlesen gehört über ein verschwundenes fünfzehnjähriges Mädchen. Ersuche Sie daher dringend um Beiträge für meine neugegründete Wochenschrift ‚Die Zeit'" Später sandte Karl Kraus, auch der Fackel-Kraus genannt, weil er in die verderbte Welt die Fackel seines genial-lustigen Zornes schleudert, um sie zu verbrennen oder wenigstens „im Feuer zu läutern", an meinen jetzigen Verleger S. Fischer, Berlin W., Bülowstraße 90, einen Pack meiner „Skizzen", mit der Empfehlung, ich sei ein Original, ein Genie, Einer, der anders sei, nebbich. S. Fischer druckte mich, und so wurde ich! Wenn man bedenkt, von welchen Zufälligkeiten das Lebensschicksal eines Menschen abhängt! Nicht?! Hätte ich damals, im Café Central, gerade eine Rechnung geschrieben, über die seit Monaten nicht bezahlten Kaffees, so hätte Arthur Schnitzler sich nicht für mich erwärmt, Beer-Hofmann hätte keine literarische Soiree gegeben, Hermann Bahr hätte mir nicht geschrieben. Karl Kraus freilich hätte meinen Pack Skizzen unter allen Umständen an S. Fischer abgeschickt, denn er ist ein „Eigener", ein „Unbeeinflußbarer". Alle zusammen jedoch haben mich „gemacht". Und was bin ich geworden?! Ein Schnorrer!

LOCA MINORIS RESISTENTIAE

Jeder Organismus hat seine sogenannte „Achillesferse", das heißt eine Stelle, an der er besonders leicht und empfindlich verwundbar ist! Ich zum Beispiel habe meine Achillesferse im Gehirn, aber nicht, wie meine boshaften und heimtückischen Freunde (Feinde sind viel milder gestimmt, indem sie einen in Bausch und Bogen ein für allemal verurteilen) glauben werden, in meinen Denkpartien, sondern in jener mysteriösen Partie des Gehirns, wo die *Eifersucht* ihren Höllensitz aufgeschlagen hat, und zwar die Eifersucht in bezug auf Männer, die mehr Haare, mehr Geld und weniger Intelligenz als ich besitzen, also drei den Frauen besonders wertvoll erscheinende Eigenschaften! Sobald ich nur ein solches Ungetüm irgendwo erblicke, das mehr Haare, mehr Geld und weniger Intelligenz besitzt als ich, bekomme ich sofort, wie der technische Ausdruck lautet, einen sogenannten „roten Kopf", und ich denke nur mehr an Browningpistolen, Arsenik oder die Hundspeitsche, natürlich für den anderen! Ich betrachte meine mich bisher fanatisch vergötternde Geliebte als bereits endgültig verloren, und treffe Anstalten, sie grundlos durchzuprügeln! Das sind also meine „loca minorum resistentium", das heißt zu deutsch, jene Partien unseres komplizierten Organismus, die auf Reizungen besonders empfindlich reagieren, und zwar sofort! Solche Partien haben viele Menschen Kellnern gegenüber oder Raseuren, die sie schlecht bedienen; obzwar in solchen weniger gefährlichen Fällen ein erhöhtes Trinkgeld meistens gute Dienste leistet.

Die „loca minorum resistentium" haben in neuester Zeit einen besonderen Wert gewonnen für die Herren Ärzte; denn jede Partie des Körpers, über die ein Patient sich heutzutage beklagt, wird vom Arzt sogleich ernst und verständnisvoll als: „Aha, das sind Ihre loca minorum resistentium, mein Lieber — — —!" bezeichnet, worauf der Patient sich, zwar nicht geheilt, aber um ein Bedeutendes, vor allem um das ärztliche Honorar erleichtert, entfernt. Viele Damen haben solche loca minorum resistentium in ihrem Organismus, im Augenblick, wo sie an einer Dame einen kostbarern Pelz bemerken, als sie selbst besitzen. Aber hier fange ich bereits an banal zu werden, und deshalb schließe ich hiermit rasch diese immerhin interessante Plauderei.

DOLOMITEN

Ich hatte mein ganzes Leben lang von den *Dolomiten* gehört, einem „Märchen der Natur". Nun kam ich, per Auto, halb 8 Uhr abends, 11. August, in Toblach an. Eine riesige ungepflegte, ja verwahrloste Bergwiese, die ein feenhafter Berggarten leicht hätte sein können. Ich ging ein paar Schritte die Fahrstraße entlang, die ins Gebirge, Monte Cristallo, führt. Ich sah in die weiße Waldstraße hinein, und war ganz ergriffen. Jahrelang im „Café Central", Ecke Herrengasse—Strauchgasse, und nun am Eingang in die „Dolomiten"! Ich sah Wälder im Abendschatten und in der Ferne einen leuchtenden riesigen Felsen. Ich kehrte zurück und dachte mir die riesige schrecklich ungepflegte Bergwiese vor dem Riesenhotel, bewachsen mit Zirbelkiefer, Rhododendron, Speik, so ein botanischer Berggarten, mit Murmeltieren und Schneehasen. Aber Toblach begnügt sich, ein „Eingang" zu sein, und selbst die Geschäftsläden erinnern an „Praterbuden". Nur irgendwo sah ich in einer Ansichtskartenbude eine 14jährige Verkäuferin. Ich blickte sie an: „Du, du allein paßt in diesen Dolomiten-Märchen-Eingang!" Da ich den schönen grauen Gems-Kaiser-Lodenhut auf hatte und sehr gebräunt war, blickte sie mich freudig-erstaunt an. Ich wollte etwas sagen, das heißt, ich wollte eben gar nichts sagen, aber als die Ansichtskartengeschäfte abgewickelt waren, blickte ich sie noch immer gerührt an. Sie sagte auch nichts, aber sie spürte ihre Wirkung auf mich. Es war nicht sehr lange, und doch vielleicht oder wahrscheinlich eine besondere Welt, die nie nie mehr wiedererstehen wird. Es ging nicht an, sie länger anzublicken. Und infolgedessen ging ich. Ich lüftete nicht den Hut, damit sie nicht sehe, daß ich kahlköpfig sei; denn ich mußte auf ihre Träumereien Rücksicht nehmen, daß ein verhältnismäßig apart aussehender Herr sie beim Ansichtskartenverkaufe liebevollst angeblickt hatte — — —. So wie wenn er ihr Glück wünschte zu ihrem künftigen Schicksale und sie getreulich segnete mit seinen Augen. Sie hat gewiß niemand davon erzählt, was gäb' es auch darüber zu erzählen?! Und doch blieb es in ihr. Und doch wird sie, unmittelbar vor einem ersten Kuß der Jugendsinne fühlen: „Nein! Ich sehe nicht auf Deinem Antlitz, Mann, den Zug von Rührung, den der fremde Herr mit dem grauen Gemsjagd-Kaiser-Lodenhute damals hatte — — —." Am nächsten Morgen ging es nach Cortina. Rotgraue Bergwelt, sei bedankt, gesegnet! Es türmt sich auf, lichtgrau und rosig, es wächst ins Himmelblau hinein und überall ist Friede — — —.

MAMA

Meine Mama wollte „ein großes Haus" führen, um ihre wunderschönen Töchter reich zu verheiraten. Das nahm ich ihr übel. Denn, wenn es gelingt, ist es wie ein Haupttreffer auf eine in der Tabaktrafik gekaufte Promesse. Ich bin gegen das „Spiel" im Leben. Man riskiert zu viel. Das ist es. Also, wie gesagt, ich war sehr dagegen. Aber in meiner Kindheit hatte ich einen vollkommen krankhaften Fanatismus für sie, und meine Liebe zu ihr war keine ruhig-selbstverständliche eines guten anhänglichen Kindes, sondern zehrte an mir, wie wenn ich ein unglücklich Liebender wäre, der an „inneren Zärtlichkeitsgefühlen" zugrunde geht, während doch Mama mich sehr, sehr, sehr lieb hatte und meinen „kindlichen begeisterten Blick" zu würdigen verstand. Oft sagte sie: „Du dummer Kerl, was willst du denn, ich hab' dich ja so wie so riesig gern und außerdem bin ich mit dir sehr zufrieden, der Hofmeister, die Gouvernante, der Violinlehrer und Mr. Palotta, alle, alle loben und lieben dich — — —." Aber meine Zärtlichkeit für Mama *zehrte* an mir. Vor ihr niederknien und den Saum ihres Kleides mit den Lippen berühren, daran dachte ich nicht. Ich sah sie an und war voll übertriebener Zärtlichkeit, als ob ich noch überhaupt bewußtlos in ihrem Schoße läge, von ihren Kräften innerlichst behütet, genährt, gepflegt, so vorzeitig herausgestellt in eine Welt, in die ich *noch nicht* hineingehörte! Mama! Mama! Als ich mit zehn Jahren, gerade der Primus im Gymnasium, an einer Fußbeinhautentzündung schwer erkrankte, hatte sie ein Jahr lang ihr Bett neben dem meinen und nahm nächtelang meine Seufzer in ihr Herz auf. Nachmittags sang sie im Nebenzimmer Schubertlieder. „Ihre Stimme klingt etwas ermüdet!" sagte der liebevolle junge Gesangsmeister. „Mein Sohn hat heute Nacht wieder sehr gestöhnt" erwiderte sie. Eines Tages sagte Professor Dittel: „Es muß geschnitten werden, der Fuß ist ganz in Eiterung." Da saß sie nachmittags an meinem Bette und zupfte aus Leinwandfetzen Charpiewolle. „Was machst du da, Mama?!" — „Daß die Zeit vergeht" erwiderte sie. Am nächsten Tage sagte Professor Billroth: „Ich pflege in einem solchen Falle noch nicht zu schneiden, es wird sich aufsaugen!" Da kniete meine Mama vor meinem Bette nieder, aber nur für einen Augenblick. Dann ging sie ins Nebenzimmer und spielte und sang am Klavier die „Forelle" von Schubert. Der Gesangsmeister sagte: „Heute klingt Ihre Stimme frischer, Sie dürften gestern eine ruhigere Nacht gehabt haben!" — „Nein," sagte sie, „aber ich werde sie heute nacht haben!"

MODERNE ANNONCE

Semmering, 1000 Meter Höhe.

Page 69: „C'est à Saint-Gervais que je devais faire ce que les Allemands appellent: „Die *Nach*kur", et à laquelle ils attachent, *non sans raison*, une grande importance."

Die *Nach*kur ist wichtiger als die Kur!

Eine meiner Thesen, auf die ich mir mehr einbilde als auf alle meine Dichtungen zusammen, obzwar alle Ärzte sie seit lange, die These nämlich, kennen.

Die Kur ist der melancholische und mühselige Versuch, eine gebrochene Maschinerie zu reparieren. Höchstens bringt man sie da mit Müh' und Not wieder auf gleich, kleistert sie zusammen. Aber die *Nach*kur ist bereits eine freudige *künstlerische* Angelegenheit: man ist daran, einer wiederhergerichteten Maschine höchste Energien, Spannkraft, Bewegung, Elastizität, Lebendigkeiten zu verleihen! Aus einem Invaliden einen neuen feurigen Kämpfer zu machen!

Die Kur ist eine ernste Notwendigkeit, die *Nach*kur ist ein *heiteres Fest*! Gerade der erst *kürzlich* gesundete Körper bedarf bei seinen zarten Vernarbungen allerzärtlichster Rücksicht. Geld und Zeit für die *Nach*kur sind wichtiger als für die Kur. Keine Kur ohne *Nach*kur! Die Nachkur ist erst die Kur! Semmering, 1000 Meter Höhe.

SEMMERING

Es wurde wieder Winter, November 1912. Überflüssig, die Berglandschaft zu schildern. Das können Russen, Schweden, Dänen viel, viel besser. Sie kennen das Gepräge jedes Baumes, und wie der Schnee sich ansetzt, je nachdem. Sie kennen die Eintönigkeit und ihre Poesien, sie kennen die Melodie der Stille, und der Krähen Mißton wird ein schaurig-melancholisches Leitmotiv: *Winter!* Ich liebte den Sommer, weil ich gesund war, und seinen Symphonien von Farben, Düften lauschen konnte, unbeirrt durch etwas, was mich drückt und niederzwingt. Nun ist es Winter. Ich sehe alles nur so, wie wenn ein gütiges Schicksal den Abschied mir nicht schwer machen wollte. Eine einzige Begeisterung ist geblieben und ringt sich durch, wie wenn mein Bestes mir erhalten bleiben sollte. Ich sah meine kleine Heilige im roten Wintersportkostüm. Der Wintertag leuchtete auf ihrem geliebten Antlitz. Ich sah sie rodeln, ich hörte ihr geliebtes jauchzendes Gekicher, sie flog davon, den scharfen Kurven nach im weißen Fichtenwalde. Ich hatte sie gesehen! Ich ging zurück ins Zimmer und versank in düsteres Sinnen ... Und es ward Winter 1912!

WINTER AUF DEM SEMMERING

Ich habe zu meinen zahlreichen unglücklichen Lieben noch eine neue hinzubekommen — — — den *Schnee*! Er erfüllt mich mit Enthusiasmus, mit Melancholie. Ich will ihn zu nichts Praktischem benützen, wie Scheerngleiten, Rodeln, Bobfahren; ich will ihn betrachten, betrachten, betrachten, ihn mit meinen Augen stundenlang in meine Seele hineintrinken, mich durch ihn und vermittelst seiner aus der dummen, realen Welt hinwegflüchten in das sogenannte „weiße und enttäuschungslose Zauberreich"! Jeder Baum, jeder Strauch wird durch ihn zu einer selbständigen Persönlichkeit, während im Sommer ein allgemeines Grün entsteht, das die Persönlichkeiten der Bäume und Sträucher verwischt. Ich liebe den Schnee auf den Spitzen der hölzernen Gartenzäune, auf den eisernen Straßengeländern, auf den Rauchfängen, kurz überall da am meisten, wo er für die Menschen unbrauchbar und gleichgültig ist. Ich liebe ihn, wenn die Bäume ihn abschütteln wie eine unerträglich gewordene Last, ich liebe ihn, wenn der graue Sturm ihn mir ins Gesicht nadelt und staubt und spritzt. Ich liebe ihn, wenn er in sonnigen Waldlachen zerrinnt, ich liebe ihn, wenn er pulverig wird vor Kälte wie Streuzucker. Er befriedigt mich nicht, ich will ihn nicht benützen zu Zwecken der süßen Ermüdung und Erlösung, ich will nicht kreischen und jauchzen durch ihn, ich will ihn anstarren in ewiger Liebe, in Melancholie und Begeisterung. Er ist also eine neue letzte „unglückliche Liebe" meiner Seele!

VOLLKOMMENHEIT

Vollkommenheit ist ein heutzutage ganz mißverstandenes Wort. Man sagt: Gustav Klimt, der vollkommene moderne Maler; Frau Bahr-Mildenburg, die vollkommene Wagner-Darstellerin; Oberbaurat Otto Wagner, der vollkommene Architekt; Peter Altenberg, der vollkommene Skizzenschreiber, Karl Kraus, der vollkommene „Angreifer, Verhöhner, Vernichter"! Aber vollkommen kann ein jeder sein, in jeglicher Sache! Ein Orangenverkäufer kann vollkommen sein, wenn er den Geschmack, den Saftgehalt, den Zuckergehalt jeder Orange oder Mandarine schon von außen, gleichsam durch die Schale hindurch, erkennt mit unfehlbarer Sicherheit! Ein Kastanienbrater kann vollkommen sein, wenn er das Gefühl dafür hat, wann und unter welchen Umständen seine Kastanien schön gleichmäßig goldgelb gebraten sind, ohne bräunliche schwarze harte Stellen zu bekommen. Ein Bar-Mixer kann vollkommen sein, eine liebende Frau, ein stichelhaariger Foxterrier, eine Hemdenputzerin, ein Kommis, in seiner Art zu bedienen, ein Koch, eine Stenographin, kurz: alle, alle, alle, insofern sie in ihrer Sache das Vollkommenste leisten! Pereant die protokollierten Firmen des allgemeinen succès; es leben hoch die Unbekannten, die göttlich singen beim Waschen und Anziehen, ohne an der Hofoper engagiert zu sein! Es leben die exzeptionellen Weber und Tuchfabrikanten, es lebe die kroatische, bosnische, ungarische, schottische, irländische, dänische, schwedische Hausindustrie! Was vollkommen ist, ist vollkommen, worin immer es sich auch betätige!

NACHWINTER

9. März. Mein 53. Geburtstag. Es ist schon wieder Schnee gefallen die ganze Nacht, Hochwinter im März. Man kann noch nicht „rodeln", denn der Schnee ist noch flaumig wie flaumige Eiderdaunen. Aber das Auge weiß davon nichts. Nur die Fußspuren sind braungrau. Es hat null Grad im Schatten. Es ist ein Winterbild, an das man nicht recht glaubt. So Nachzügler einer Armee „Winter"! Meine Schneeschuhe, ein Geschenk des berühmten Architekten Adolf Loos, vor fünf Jahren, sind mir gestern abhanden gekommen. Der anständige Dieb hat wahrscheinlich nicht mit diesem Winter-*Rückfall* gerechnet, der mich nun in Verlegenheiten bringt! Sie waren mir teuer, obzwar sie mich nichts gekostet haben. Ich hatte fünf Jahre lang den Ehrgeiz, sie mir weder vertauschen, noch stehlen zu lassen. Der Kellner sagte mir oft: „Lassen Sie Ihre Schneeschuhe ruhig irgendwo stehen, es geschieht ihnen nichts!" Nun, es ist ihnen wirklich nichts geschehen, sie haben nur ihren Besitzer gewechselt. Möge er sie ebenso zärtlich rücksichtsvoll behandeln wie ich, und möge ich eine neue *Schneeschuh-Wurzen* baldigst finden! Einer machte schon eine *leise Anspielung*, aber es stellte sich heraus, daß er mir nur mitteilen wollte, dieser Nachwinter könne ja ohnedies nicht mehr von langer Dauer sein, und da genügten dann gewöhnliche Galoschen. Als ich bemerkte, daß ich auch solche nicht besitze, erklärte er, Galoschen seien ungesund und verhinderten die Hautausdünstung. Also, in dieser Winterpracht feiere ich meinen 53. Geburtstag. Es wird kein Geld regnen, da ich keine Danae bin. Aber in die schlechte

Bilanz des Jahres 1912 muß ich doch den Plus-Kontoposten meines Lebens einrechnen: „Nachwinter im März auf dem Semmering, und eine romantische ‚*Petrarca-Liebe*!‘“

Hier ist es friedvoll, vertauschte Haselnußbergstöcke, vertauschte Schneeschuhe, vertauschte Frauen sind das einzige bemerkenswerte Ereignis. Aber man findet sich in alles. Eine Dame sagte mir: „Sehen Sie, dieser von Ihnen gestern so gepriesene Herr ist doch kein Gentleman. Er trägt abends zu Lackpantoffeln, pumps, *Wollsocken*!“ — „Pardon,“ erwiderte ich, „ich habe das im Drang meiner Begeisterung übersehen!“ — „Ein so scharfer Beobachter wie gerade Sie, Herr Altenberg?!“ — „Ja, auch wir sind eben nur irrende Menschenkinder!“

HEIMLICHE LIEBE

Wir müssen von den Gefühlen *unserer eigenen Seele* leben können! Das ist die „*neue Religion*" für unsere, sonst zum Leiden verurteilten impressionablen Nerven. Man kann uns alles *wegnehmen*, alles *rauben*, alles *verhindern*, alles *verbieten* — — nur nicht *unsere* Gefühle, die wir für geliebte Menschen haben! Hier beginnt unsere *unbesiegbare Macht* unserer Seele! Man wünscht es, unsere Tränen nicht zu sehen, nicht zu spüren, nichts darüber in alle Ewigkeit zu vernehmen — — — und sie rinnen dennoch auf den Kopfpolster, zum *Preise der Entfernten*! Könnt Ihr uns verbieten, in dem Bergkirchlein für ihr Heil zu beten?! Könnt Ihr uns es verbieten, im Schnee des „Hochwegs" ihre Fußspuren zu ahnen?! Vielleicht sind es fremde, gleichgültige. Aber wir, wir träumen sie uns als die *ihrigen*, vermittels der *Kraft unserer* unzähmbaren, unbesiegbaren Seele! Kann sie zu uns sprechen: „Knie vor meinen Fußspuren nicht in den Schnee hin!?!" Nein, das kann, das darf niemand zu uns sprechen. In diesen „Gefilden der entrückten Seele" verliert die *verbietende* Menschenstimme ihre Macht und Gott sagt: „*Du darfst*!"

Ich habe Dein Glas in mein Zimmer mitgenommen, aus dem Du getrunken hast. Ich habe dem Kellner gesagt: „Ich habe ein Glas zufällig zerbrochen, da haben Sie zwei Kronen dafür!" Er sagte: „Auf ein Glas mehr oder weniger kommt es, bitte, bei uns nicht an — — —." Also besaß ich das „geheiligte Glas" umsonst. Ich ließ ihm ein Postamentchen machen aus Zirbelholz, ließ eingravieren: „Deine Lippen berührten es." Kann mir das irgend jemand *verbieten*?!

Niemand kann mir meine *Leiden verbieten*, er kann sie nur steigern, und das ist *gut für meine Seele* — — —. Wen, wen wollt Ihr schützen vor meinen Tränen, die *niemand, niemand* sieht?!

DAS KINO

Ich schleudere hiermit meinen Bannfluch gegen *alle jene*, die, in „bestgemeinter Absicht" oder aus Geschäftsinteresse, sich in neuerer Zeit gegen die *Kinotheater* wenden! Es ist die beste, einfachste, vom öden *Ich* ablenkendste Erziehung, besser jedenfalls, tausendmal besser als die bereits als „freche Gaunerei" entlarvte „Kunstdarbietung", ausgeheckt in ehrgeizigen, verdrehten Gehirnen und präpariert für den „seelischen Poker-Bluff"; infame Düpierung *einfach-gerader* Menschenseelen! Im Kino *erlebe ich die Welt*; und selbst die erfundenen Sketches sind schon, der Natur der Sache nach, auf *edel-primitive* Wirkung hin gearbeitet, Seelenkonflikte a la „*3 und 2 macht 5*", nicht aber absichtlich 6 oder 7! Das Volk *soll sich erheben für die Kinotheater* und sich nicht neuerdings in kleinsten und belanglosesten Angelegenheiten *beschwatzen* und *betören* lassen von den „*psychologischen Clowns*" der Literatur! Meine zarte 15jährige Freundin und ich, 52jähriger, haben bei dem Natursketch: „*Unter dem Sternenhimmel*", in dem ein armer französischer Schiffzieher seine tote Braut flußaufwärts zieht, schwer und langsam, durch blühende Gelände, heiß geweint! Wehe euch, deren „*trockenen Geist*" wir „*trockenen Herzens*" angeblich begeistert *genießen* müssen! Wir *müssen* und *wollen nicht*!

Ein „berühmter Schriftsteller" sagte zu mir: „Wir sind jetzt unter uns, was finden Sie eigentlich Besonderes an den Kinovorstellungen?!?"

„Nein," sagte ich, „*wir* sind *nicht* unter uns, sondern *Sie* sind *unter mir*!"

LEBENSBILD

Wesen der Engländerin:

„O, mein geliebter Freund, was nützte mir denn deine ganze tiefe Liebe, wenn du mir bei der Tür nicht den Vortritt ließest?!?"

Wesen der Amerikanerin:

„*Natürlich* zu sein, so wie man eben einfach von Natur aus ist!"

Dies schrieb ich einer jungen, edlen Amerikanerin ins Stammbuch.

„O," sagte sie, „sehr, sehr schön; und vor allem sehr, sehr wahr! Aber, bitte, was würden Sie denn einer jungen Engländerin in ihr Stammbuch hineinschreiben?!?"

„Ich? Natürlich *gerade das Umgekehrte*!"

SO SIND WIR

Wir wollen aufrichtig sein, vor allem diesmal ich, Sophie B.; vielleicht für alle meine Mitschwestern. Nichts ist rätselhafter für uns, als es zu sehen, wie jemand uns gar nicht mehr lieb hat! Gar nicht mehr ein bißchen. Wir machen da sozusagen *nachträglich* alle seine Qualen mit, und alle unsere *vollkommen unnötig gewesenen* Grausamkeiten, Ungezogenheiten, Rücksichtslosigkeiten usw. usw. Wie ein schreckliches Bild zieht es an uns vorüber, nebelhaft, und dennoch schreckhaft *deutlich*! Ja, wir waren Königinnen, wie Chinas mysteriöse Beherrscherin einst, und nun sind wir entthront! Man bittet uns nicht mehr um Gottes willen um eine Haarlocke, man versucht es nicht mehr, unser Knie unter dem Tisch sanft zu berühren! Wir sind entthront, *entwertet* und verstoßen! Wir haben uns „Herzen" entfremdet; und Gott will das nicht. Das heißt, Er hat nichts dagegen, falls es sein muß, aber es soll *in Seiner Milde, in göttlicher Milde* vor sich gehen, so zart behutsam, daß wir alle Tränen trocknen, die seit Monaten um uns geflossen sind! Mit Kranken schreit man nicht herum! Wir haben nie seine Briefe verstanden, in denen er uns doch *ganz verständlich* mitteilte, er habe *unseretwegen* die ganze Nacht geweint. *Jetzt* verstehen wir diese Briefe, die wir bereits zerrissen haben!

Also, da sitzt er nun vor uns, der einst ein Narr in unseren Augen war, und unsere ausgespuckten Traubenschalen liebevollst in seinen Mund nahm!

Da sitzt er nun vor uns. Wir sind ihm nichts. Er schaut, und ist selbst verständnislos geworden!

Oh — — —! oh — — —! Wie schade!

Unser Atem ist ihm nicht mehr süß — — — vielleicht ekelt er ihn sogar — — —!

MEIN GRAUER HUT

Der Märzwind klagt durch die winter-erfrorenen rostroten Gebüsche. Über die grauen Wiesen bürstet er grauen Märzstaub auf, zieht in die Wälder hinauf, um rotes starres Laub zum Rascheln zu bringen, zum Vorfrühling-Tanze!

Neben mir liegt mein geliebter grauer Filzhut, Gemsjagd-Kaiser-Hütchen. Er erinnert mich an alles, was ich verloren habe, an *Alles*! Ich habe ihn in Mürzzuschlag gekauft, nach langem Suchen, er ist mein Ideal-Hut. Nun blicke ich ihn an, in tiefster Zärtlichkeit, als ob er noch die hellen scharfen Lüfte und Düfte vom Semmering-Paradiese in seinem Filzgewebe berge. Ja, *für mich* birgt er sie, alle die Schätze, die mein Auge dort droben in der lichten scharfen Luft in sich hineingetrunken hat, auf der Beton-Terrasse, 6 Uhr morgens, mit sonnigem Wiesennebel und dem Mürz-Nebel-Strom ins Haidbachtal, weiß und leuchtend, ein Märchen-Strom! Und abends die goldenen Wolken im Mürztal; und immer, immer war es *noch* schöner als am Vortage, und meine Seele war reich durch Begeisterung. Nichts entging mir von Gottes Pracht.

Nun denke ich an das Holdeste, Klara und Franziska Panhans, Magda Simon, Eva Leopold, Frau Machlup, ebenfalls Gebilde der gütigen edel-gestaltenden Natur! Für alle hatte ich den Blick fanatisch-zärtlicher Begeisterung! Nun aber bleibt mir nur mein kleiner grauer Filzhut, Gemsjagd-Kaiser-Hut; er liegt vor mir, unscheinbar, nichtssagend. Mir aber scheint die untergegangene Sonnenwelt „Semmering" daraus entgegen, und sagt mir

„adieu", adieu für immer — — —. Weshalb dieses Schicksal?!
Ich weiß es nicht — — —.

8. März 1913. Vortag meines 54. Geburtstages. Für Frau
Lilly St.

DIE KOSTÜME AUF DEM SEMMERING IN DER SILVESTERNACHT

Ich sah ein ockergelbes Musselinkleid-Hemd mit breitem lila Samtband geputzt. An der Brust eine große lila-weiße Kamee. Dann sah ich an dem herrlichen Fräulein Schw... eine weiße seidene Wolke, am Rande bestickt mit grellem Silberschimmer aus großen viereckigen Silberplättchen. Dann sah ich an der braunen Frau S. eine schwarze Tüllrobe, mit schwarzem Hut, mit einer schwarzen samtenen Tulpe an der Brust. Kardinalfarbene Seidenrobe, bestickt mit kardinalfarbigen Glasperlen. Eine staubgraue, nebelgraue Tüllrobe, mit breiten ockergelben Samtbändern. Eine erbsengrüne Tüllrobe, mit hechtgrauen Glasperlen bestickt; braungelbe Orchideen an der Brust. Frauenschuh. Dann sah ich eine — — — da wußte ich gar nicht, was sie anhatte; denn ich sah nur ihr Antlitz, ihr süßes, süßes Antlitz, mit den klaren schimmernden Madonnenaugen — — —. Da sagte eine ältere Dame zu mir: „Nicht wahr, das bemerke ich sofort, die Toilette dieser jungen Dame ist ganz nach Ihrem etwas aparten und übertriebenen Geschmack — — —!?!" — „Jawohl", erwiderte ich, „obzwar ich gar nicht sah, was sie anhatte — — —." — „Ja, Sie urteilen eben auch nur nach dem Äußeren, mein Lieber, sehen Sie wohl?!?" — „Ja, leider", erwiderte ich und starrte die Madonnenaugen an — —. Sie hieß Kl. P. und dennoch kann niemand ahnen, wer es ist — — —.

FORTSCHRITT

Es gibt Leute, die heutzutage nicht mehr auf den Boden eines Kaffeehauses spucken können, und solche die es *noch ganz gut* können. Diese Zweiteilung ist ein Zeichen eines wenn auch geringen allgemeinen Fortschrittes. Es gibt Leute, die selbst bei einer automatisch von selbst schließenden Tür ängstlich hinter sich blicken, ob die Maschinerie auch wirklich funktioniere. Das sind bereits „Gentlemen der Entwicklung". Beim „Sport" darf man keiner Dame helfen, irgendwie behilflich sein in einer schwierigen Situation. Dadurch gewöhnt man sich allmählich auch das sklavische „Pakettragen" oder „Schirmaufheben" oder „Zigarettenanzünden" ab. Wieder ein kleiner Fortschritt! Jetzt fehlt noch der *hohe englische Fußschemel* beim Friseur, und die Ventilatoren in *jeder* Fensterscheibe, wobei niemand rufen darf: „Es zieht!" Preise an Schriftsteller-Millionäre zu vergeben, ist noch rückschrittlich. Mit Geld kann man nur Künstler ehren, die keines haben! Turbot samt seiner dunklen schuppigen *Haut* essen und noch dabei behaupten, das gebe dem edlen Fische erst den Geschmack, ist eine mittelalterliche Zurückgebliebenheit, die man eventuell einem eisengepanzerten Recken oder Drachentöter nachsehen könnte! Eine übertrieben deutliche Schrift haben, ist einer der wenigen zu begrüßenden Snobismen. Man schreibt für *den*, der es *lesen* soll! Eine Frau in der Weise bewundern, daß es dem zugute kommt, dem sie *angehört*, und nicht *dem*, der sie *bewundert*, ist „höchste Kultur"! Mehr als zweimal im Tag mitteilen, man habe im rechten Knie beim Drücken einen

Schmerz, ist nicht „fortschrittlich". „Tamar Indien Grillon" anpreisen, ist höchste Kultur. Aber auch hierin gibt es zarte Grenzen. Ich hörte einmal an einem herrlichen Herbstmorgen einen jungen Griechen eine junge Serbin fragen: „Oh bonjour, mademoiselle, combien de pilules „Purgén" est-ce-qu'on ose prendre à la fois?!" „36" erwiderte die junge Dame schlagfertig, worauf man den Griechen acht Tage lang nicht mehr erblickte. Leute ins Gespräch ziehen, um ihnen Ansichten herauszulocken, zum Zwecke, sie ihnen *widerlegen* zu wollen, ist *unkultivirt*. Um „Proselyten" zu machen, gehört mindestens die Entschuldigung eines „heiligen Fanatismus". Zwischen Tee und „kleiner Bäckerei" hat solches *nicht stattzufinden*! „Anonyme Briefe" sind eine Gemeinheit. „Nicht anonyme Briefe" sind eine noch größere Gemeinheit. Man hat zu schreiben: *„Ich verehre Sie!"* Im allgemeinen aber zeigt sich doch in der „vie quotidienne" ein beträchtlicher Fortschritt. „In der Nase bohren" findet man sogar bei Kindern verhältnismäßig nur mehr selten, obzwar es noch vor 20 Jahren zu den sogenannten „billigen Freuden des Daseins" gehörte! Häufiger kommt es vor, daß Liebesleute vor Fremden sich gegenseitig zu blamieren, zu *desavouieren* suchen, kurz den Anschein eines Täubchenverhältnisses zu bewahren, für Augenblicke außer acht lassen. Den „Dritten" dabei als Richter anzurufen, ist aber eine der allergrößten Infamien, besonders falls er auf die Frau ein oder mehrere Augen bereits geworfen hat. Es gibt also noch immer eine Anzahl von verbesserungsbedürftigen Dingen — — —!

ABSCHIED

„Herr Altenberg, ich danke Ihnen noch zuletzt für alles, für alles!"

„Wofür, das verstehe ich nicht — — —."

„Das kann man nicht so sagen, wofür man Ihnen in einem wochenlangen Verkehr zu danken hat! Man ist gleichsam von sich selbst erst zu sich selbst gekommen, erblickt das Leben einfacher, selbstverständlicher und klarer als bisher. Deshalb muß man zu Ihnen sagen: ‚Ich danke Ihnen für alles, für alles — obzwar man durchaus nicht weiß, worin es besteht!'"

Es war der tiefste Abschied, eigentlich aber ein ewiges Zusammenbleiben!

BESUCH

Mein Freund, der Doctor philosophiae aus Heidelberg, schrieb mir, er sei in tief deprimierter Stimmung, wolle in den „Frieden der Berge flüchten", höchst moderne Ausdrucksweise, und vor allem beim Dichter eine Art von „seelisch-geistigem" Reinigungsbad nehmen. Als er ankam, begann ich daher von Rax und Schneeberg, Pinkenkogel und Sonnwendstein zu schwärmen. Er erwiderte: „Lasse gefälligst diese Marlittiaden einer überwundenen Epoche und zeige mir lieber eine Dame, mit der man stundenlang über Ibsen, Hofmannsthal, Stephan George und ähnliche Geschöpfe seine endgültigen Ansichten los werden kann." Er war glücklich, als ich ihm mitteilte, daß ich zufälligerweise gerade jetzt drei solcher Damen auf Lager habe, leider aber eine jede in einem anderen Berghotel. Er meinte, er wolle gern den Wagen bezahlen, und wir sollten von einer zur anderen fahren. Auf dem Wege könne man ohne weitere Schwierigkeiten die Schönheit, den Frieden der Bergwelt, aber ohne Exaltationen über jeden einzelnen Baum, sondern in Bausch und Bogen genießen. Dieser annehmbare Plan wurde zu allgemeiner Zufriedenheit ausgeführt. Eine vierte Dame, die sich anschloß, konnte wegen Zeitmangels nicht ins Gespräch gezogen werden über die Philosophie in der Musik des Debussy. Der Doktor sagte zu mir: „Ist es also wirklich wahr, daß man nur bis 11 Uhr abends hier Getränke bekommt?!" — „Nein," erwiderte ich, „das ist eine Verleumdung, man erhält bis Mitternacht Limonade und Soda-Himbeer!" — „Esel," sagte er, „ich meine schweren Burgunder!" Er schlug nun vor, schon um

7 Uhr abends anzufangen, damit man bis zur Schank-Sperrstunde das Nötige absolviert haben könne. Ich erklärte ihm, daß ich seit anderthalb Jahren Antialkoholiker sei und daher vor halb 8 Uhr abends nicht anfangen könne! Er sagte, er sei einverstanden, da er mich von meinen schwer errungenen Grundsätzen nicht abbringen wolle. Im Laufe des Abends gesellten sich einige Herren zu uns, die er in liebenswürdigster Weise anstänkerte, indem er sie fragte, ob sie sich ernstlich von der Bergluft und der Enthaltsamkeit eine Heilung ihrer anscheinend doch unheilbaren Leiden erwarteten?!? Bald waren wir allein, und später erklomm er mit meiner Bergführerhilfe die Treppe. Er sagte noch: Rax, Schnee—berg, Sonn—wend—stein, Pin—ken—ko—gel ...‚ dann verschwand er hinter der gepolsterten Tür.

BUCHBESPRECHUNG

Ich lese jetzt Tolstois „Chadschi Murat", aus dem Nachlaß. Es ist immer dieselbe Art, plastisch-historisch, lebendig gewordene Wachsfigurenkabinette, psychologische Wachsfiguren, z. B. der großartig geschilderte wachsbleiche fette Kaiser mit dem nichtssagenden streng-starrenden Antlitz, der weiß, daß er nichts weiß, und dennoch die Geschicklichkeit besitzt, sich immer, in jeder Situation, es einzureden, daß er „zum Heile und zur Ordnung der Welt" *unentbehrlich* sei. Aber auf Seite 161 fand ich ein besonderes und bisher, vor allem mir, unbekanntes Sprichwort: *„Der Hund bewirtet den Maulesel mit Fleisch und der Maulesel den Hund mit Heu — infolgedessen bleiben beide hungrig!"* Ich finde das wunderbar; es ist ein Bild unseres ganzen tragischen Lebens, besonders dessen *zwischen Mann und Frau!* Ein jeder bewirtet uns mit einer Kost, die für ihn die *beste*, für den Bewirteten meistens jedoch die *allerschlechteste* ist!

Einer meiner sogenannten „Freunde", andere als *„sogenannte"* gibt es nämlich hienieden nicht, würde natürlich sagen, daß dieses Sprichwort einen natürlich ganz anderen Sinn habe als den ihm von mir *willkürlich* unterlegten, ferner, daß es längst allgemeinst, vor allem ihm selbst, bekannt sei; daß es schon im „Sanskrit" erwähnt werde und *nichts anderes* bedeuten könne als die „Güte des Schöpfers allen seinen Kreaturen gegenüber"! Du Esel! Trotzdem halte ich das erwähnte Sprichwort für überaus wertvoll und sinnvoll und glaube nicht, daß ich bis Seite 203, Ende, etwas annähernd ebenso Tiefes finden werde.

Wenn man einmal so weit ist, die Menschen des

übrigens alltäglichen Lebens ebenso scharf aufs Korn zu nehmen, wie Tolstoi es tut in seinen Romangebilden, oder wie Charles Dickens und Thackeray in milderer Form, so verringert sich naturgemäß die Distanz zwischen Künstler und Leser. Der Leser weiß einfach ganz dasselbe, ohne sich *die lächerliche Mühe zu nehmen*, es niederzuschreiben!

EIN BRIEF

Sehr geehrte gnädige Frau!

Sie wollen „glücklich" sein? Das ist schrecklich! Beethoven, Schiller, Hugo Wolf, Novalis, Lenau waren nicht glücklich. Mit welchem Rechte wollen *Sie* also glücklich sein? Mit dem Rechte der „Inferiorität?" Aber darauf haben Sie keinen legitimen Anspruch, da Sie es doch nicht sind! Sie erzählen mir, daß irgend jemand um Sie bange war, um Sie geweint hat? Erzählen Sie mir doch lieber, daß *Sie* um irgend jemand besorgt waren, geweint haben! Sie sagen mir, was man von Ihnen halte? Sagen Sie mir doch lieber, was Sie von den andern halten! Sagen Sie mir, von wem *Sie* schwärmen, und sagen Sie mir nicht, wer von Ihnen schwärmt! Ihre eigene Welt ist gerade so wie sie ist, aber die Welt der andern, der „Nicht-Sie-Seienden", die ist eine Bereicherung *Ihres* Denkens, *Ihres* Fühlens! Zeugnisse mit ausgezeichneten Referenzen sich von Nichtverstehern ausstellen lassen, ist eine allzu billige Befriedigung! Sind Sie die Duse, die Yvette Guilbert, die Else Lehmann! Nun also! Sagen Sie stets: „Ich verehre!" sagen Sie niemals: „Ich werde verehrt!" Ein „labiles Selbstbewußtsein" ist an und für sich „unkünstlerisch"! Sei, der du *bist*! Nicht mehr, nicht weniger! Wenn Sie vom „Russischen Ballett" schwärmen, von Nidjinsky, von der Karsawina, von der Niedermetzelung der Haremswächter, von den russischen Volksmelodien, von den Damen in den Logen und den Silberreifen um ihre süßen Lockenköpfe, von Samthemden in Violett und Grasgrün, die alles verbergen wie edel-verschwiegene schwere Portieren — dann, dann sind Sie Sie selbst! Eine Aufsaugerin der Schönheiten der Welt, eine *Bereicherte*! Aber wenn Sie von sich selbst sprechen, werden Sie armselig! Eine, die erzählt, man habe ihr ein Almosen gegeben; eine Bettlerin an der Brücke, die hinüberführt ins „Versorgungshaus des Lebens"!

DAS HOTEL-STUBENMÄDCHEN

Sie saß nachts, ganz zerpatscht von Stiegensteigen, Sorgsamsein für fremde Menschen, Aufmerken auf fremde Wünsche, in der Portiersloge, zählte einen Haufen Trinkgelder in ihre Schürze. Ich wußte, daß sie ein entzückendes dreijähriges Mäderl habe, und der Gatte war verschollen.

Ich sagte: „Woher sind Sie, Marie?!"

„Aus Kärnten."

„Sie müssen ja die Dorfschönheit gewesen sein — — —."

„Das war ich!"

„Und alle Jünglinge müssen sich um Sie beworben haben — — —."

„Das haben sie getan."

„Und da haben Sie sich *den* gerade aussuchen müssen?!"

„Er mich!"

„Und Sie sind so ruhig, so gesichert — — —."

„Da kann man nicht aufbegehren. Es ist das Schicksal!"

„Nein, die Dummheit war es, die Borniertheit — — —."

„Das ist ja unser Schicksal!"

Später sagte sie: „Rühren Sie mich nicht an, es passt mir nicht. Weshalb streicheln Sie meine Haare?! An mir ist nichts mehr zum Streicheln — — —."

Ich schenkte ihr eine Krone.

„Wofür geben Sie mir das?!"

„Gewesene Dorfschönheit!" erwiderte ich. Da begann sie zu weinen.

GESPRÄCH

„Sie, sagen Sie, mein lieber Peter Altenberg, wie lang sind Sie eigentlich schon da, auf diesem Semmering?!?"

„Elf Wochen?!"

„So? No, und das können Sie so aushalten, so ganz ohne Weiber?!?"

„Nur *ohne* Weiber! Mit Weibern könnt' ich's gar nicht aushalten!"

„Komischer Mensch, was Sie sind!"

„Weshalb komisch?!?"

„No, Sie sind doch der größte Troubadour für die Weiber, was wir haben heutzutage?!?"

„No, könnt' ich denn ihr größter Troubadour sein, wenn ich alleweil mit ihnen beisammen wär'?!?"

BOBBY

Ich habe sowieso nichts mehr zu verlieren, nichts mehr zu gewinnen, ich stehe vor der „großen Abrechnung" meines Lebens. Jetzt erkläre ich, daß ich die weiße, hellbraungefleckte echtrassige Foxterrierhündin Bobby, mit ihren acht rosigen Brust- und Bauchwarzen (selbst die edelsten Damen haben nur deren zwei), für schöner, graziöser, liebenswürdiger, herzlicher, menschenfreundlicher halte als die meisten Frauen. Sie erregt nie in mir Eifersuchtsqualen und Verzweiflung, hat eine unbeschreibliche Freude, wenn ich nett zu ihr bin, sagt nie bei einer solchen feinfühligen Gelegenheit: „Zahl' lieber an Kaviar und laß die billigen Faxen — — —." Denn erstens frißt sie Gott sei Dank gar nicht Kaviar, und zweitens „fliegt sie" grad auf meine „billigen Faxen", d. h. meine seelische Verehrung, Anerkennung und Liebe!

Ich ziehe also Bobby allen Frauen vor, freilich sage ich das erst öffentlich am Ende meiner sogenannten „Liebeslaufbahn", mit einem Wort: nach meiner Schlacht von Sedan. Bobby hat um mich geweint, gewinselt, sich gekränkt, den Appetit verloren. Die übrigen Weibchen hatten gerade in meiner Gesellschaft stets einen riesigen Appetit, während ich kaum die Absicht hatte, ihnen ein „Kalbsgulasch" zu bezahlen. Und dann, Bobby hat noch einen großen Vorteil, sie gehört nämlich gar nicht einmal mir, sondern einer reizenden bekannten Dame, der die Fürsorge für sie obliegt. Ich selbst schmeichle mich nur bei Bobby ein, um ihre zärtliche Freundschaft zu genießen. Ich will keine Spesen haben, und „äußerln" führe ich auch nicht. Frauen haben immer irgendwelche Bedürfnisse! Aber ich bin nicht in der Lage, sie zu befriedigen — — —. Das nimmt zu viel Kräfte weg und Zeit! Liebe ohne alle Spesen ist meine letzte Erkenntnis auf Erden.

PSYCHOLOGIE

Mich interessiert an einer Frau *meine* Beziehung zu ihr, nicht *ihre* Beziehung zu mir!

✳

Daß *ich* ihr eine exzeptionelle Achatbrosche schenken darf, macht mich glücklich, nicht daß *sie* es gerührt annimmt!

✳

Ich küsse ihre Haarlocke in meinem Zimmer anbetend, aber ihre braunroten Haarsträhne mögen im Winde flattern *für alle Welt!*

✳

Sie hat Migräne, und *ich* renne nachts in die Apotheke. *Für mich* hat sie Kopfweh, da *ich* besorgt bin, es ihr zu lindern!

✳

Wenn sie „Wintersport" treibt, zittere *ich* um ihre zarten geliebten Gazellenglieder! Für *mich allein* betreibt sie daher „Wintersport"!

✳

Ein Hut, der ihr *schlecht steht*, macht *mich* unglücklich, ein Hut, der ihr *zu fesch-kokett* steht, macht *mich* ebenfalls unglücklich! *Für mich allein* also trägt sie alle, alle ihre Hüte!

✳

Die Speise, die ihr nicht schmeckt, macht *mich* unglücklich, die Speise, die ihr schmeckt, macht *mich* glücklich. *Für mich, für mich* allein daher ißt sie!

✶

Der Blick, mit dem sie einen anderen liebenswürdig anschaut, macht *mich, mich allein* unglücklich! Daher gehört dieser Blick *mir, mir,* und nicht ihm, dem eitlen Laffen!

✶

Mir, mir allein gehört alles, was von ihr kommt, Böses und Gutes, denn *ich, ich* allein empfinde es!

VORFRÜHLING

Von den braunroten Dachschindeln rieseln grauglänzende Bäche. Man muß diesen harten Winter wegschwemmen, auflösen. Die Blumen und Gräser wollen auch schon heraus, nicht nur die genialen Schneerosen und Eriken, die der Nachwinter nicht geniert. Aber es gibt diskretere Kräuter, die erst auf den ernsten „Ruf des Frühlings" Folge leisten und nicht gewillt sind, mit Schnee und Kälte zu „paktieren". Das Berg-Schneeglöckchen zum Beispiel, das Leberblümchen und der Frühlings-Enzian. Die lassen mit sich kein Geschäft machen; ein paar sonnige Tage können sie nicht *verführen*, ihre Pracht zu entfalten. Sie wollen Numero Sicher gehen, also eigentlich „Philister der Blumenwelt". *Nicht vorzeitig verwelken wollen*, ist immer eine Art von „philiströser Tätigkeit"! Franz Schubert, Hugo Wolf usw. usw. hatten sie nicht. Leute, die „Eau de Vichy" trinken statt „Enzian-Schnaps", sind zu *verwerfen*! Sie legen zuviel Wichtigkeit ihrem *absolut unwichtigen* Organismus bei. Ich bin gewiß für Gesundheit. Aber sie muß auch *für andere* wertvoll sein. Die Gesundheit der *Wertlosen* ist *wertlos*! Der „*Hypochonder*" hat irrige Ideen vom Werte seiner Erhaltung! *Wir verzichten gerne* auf seine Lebenskräfte, die uns *doch nichts bieten* können! Ein „*reeller Kranker*" ist uns lieber als ein „*falscher Gesunder*"! Das merkt euch, ihr „*Wucherer mit der Gesundheit*"! Früchte, die fallen wollen, soll man abreißen! Aber statt dessen läßt man sie oben, und sie schreiben fünfaktige Dramen, oder malen, oder bildhauern, jedenfalls treiben sie irgendeinen schädlichen Unfug!

DAS GLÜCK

Ich erwartete das Glück vergeblich Jahre und Jahre lang. Endlich kam es und setzte sich zutraulich an mein Bett. Es hatte gelbbraunen Teint wie die Javanerinnen, schmale, lange Hände und Finger, Gazellenbeine und bewegliche lange Zehen. Ich sagte: „O, bist du wirklich, wirklich endlich das Glück, das lang ersehnte, tief entbehrte?!?" — „Ich werde es dir morgen schreiben, ob ich es wirklich bin oder nicht. Du wirst selbst urteilen — — —."

Am nächsten Morgen fand ich einen Zettel, auf dem geschrieben stand: „Adieu, auf Nimmerwiedersehen — — —." Ja, es war also wirklich und wahrhaftig „das Glück" gewesen!

DAS DUELL

Ich, als „Outsider" der Gesellschaft, die sich anmaßend und fälschlich die „gute" nennt, begreife überhaupt naturgemäß nur eine einzige Art, zum Duell seine Zuflucht zu nehmen. Das ist, wenn man in bezug auf eine Frau in seinem Lebensglücke so sehr geschädigt wurde, daß man unbedingt zum Mörder und nachher zum Selbstmörder werden will! Da hat man im „Duell" die Chance, den Kerl umzubringen und nach „vollendeter Sühne" sogar ganz fröhlich am Leben zu bleiben und zu sagen: „Sixst' es, Annerl, Mauserl, Herzerl, jetzt wirst net so bald wieder dich einlassen, einer von die Herren Kavaliere is schon kalt geworden trotz deiner heißen Liebe!"

STAMMGÄSTE

Die „Stammgäste" eines Hotels haben eine eigentümliche Art von Sicherheit, die ein wenig an „Größenwahn" erinnert. Sie haben die Ansicht, daß alles glücklich sei, daß sie wieder da sind, und daß bisher in dem gesamten Hotelbetrieb eine Art von empfindlicher Stockung eingetreten sei, die nun glücklicherweise schwinden werde! Sie haben eine „falsche Liebenswürdigkeit" mit dem Bedienungspersonal, erkundigen sich nicht ungern nach Dingen, die sie nichts angehen. Auch ihre eventuellen „Beschwerden" gegen die Hotelusancen bringen sie in einem gütig-väterlich-wohlwollenden Tone an, als wollten sie das ganze Etablissement vor dem Ruine schützen! In J. war ein reicher Stammgast, der jeden „Eingeborenen" mit der Frage beglückte: „Nun, wie war der Winter bei Euch heuer?!" Obzwar ein jeder darauf mit Freuden geantwortet hatte: „Schmecks!", so sagten doch alle, mit Rücksicht auf Trinkgelder, die niemals stattfanden: „Heuer besonders hart, gnä' Herr —." Worauf der Stammgast leutselig erwiderte, daß dafür der Sommer zur Erholung, nämlich für ihn, diene!

Trotz aller dieser Eigenheiten möchte dennoch keine Gegend ihre Stammgäste missen, denn sie gehören dazu und machen das Ganze sogar heimlich, wie die Schwalben, die Störche und anderes stets wiederkehrendes Getier!

SANATORIUM FÜR NERVENKRANKE

(aber nicht die, in denen ich mich befand!)

Morgenvisite.

Der Doktor sitzt, wie ein Staatsanwalt ernst blickend und forschend, an einem riesigen Schreibtische.

Der Delinquent (Patient) tritt ein.

„Bitte, nehmen Sie Platz — — —.“

Pause, in der der Staatsanwalt (Arzt) den Verbrecher mustert, ob Paralyse oder Simulation vorhanden sei — — —.

„Also, mein lieber Peter Altenberg, ich kenne Sie nämlich schon seit langem aus Ihren interessanten Büchern, und erlaube mir daher den konventionellen Titel „Herr“ bei einem berühmten Manne wie Sie wegzulassen. Ihre Verehrerinnen apropos sollen Sie ja direkt mit ‚P. A.‘ titulieren!? Diese *Ehrenabkürzung* wage ich bisher noch nicht — — —.

Aber zur Sache! Also, mein lieber Peter Altenberg, was werden wir denn zum Frühstück nehmen?!?“

„*Wir?!* Das weiß ich nicht. Aber ich selbst nehme Kaffee, hellen Milchkaffee — — —.“

„Kaffee?! So?! Also Kaffee, hellen Milchkaffee — — —?!? Also schön, Kaffee — — —!“

„Ja, bitte, es ist mein gewöhnliches Getränk, an das ich seit dreißig Jahren gewöhnt bin — — —.“

„Ganz gut. Aber Sie sind eigentlich hier, um sich von Ihrer bisherigen Lebensweise, die Ihnen anscheinend bisher nicht besonders genützt hat, zu *entwöhnen*, vielmehr die *nötige Energie* zu akquirieren, solche *Veränderungen* Ihrer gewohnten, ja vielleicht *allzu gewohnten* Lebensweise allmählich wenigstens vorzunehmen!?! Nun, bleiben wir also vorläufig beim Milchkaffee. Aber weshalb diese dezidierte Aversion gegen Tee?! Man kann auch Tee mit Milch verdünnt trinken — — —?!"

„Ja, aber ich pflege Milchkaffee zu trinken — —."

„Haben Sie, Herr Altenberg, einen bestimmten Grund, den Genuß von Tee des Morgens für Ihre Nerven für unzukömmlich zu halten?!?"

„Ja; weil er mir nicht schmeckt — — —."

„Aha, das wollte ich eben nur wissen. Also, mein lieber Herr, was nehmen Sie denn zu Ihrem so geliebten und *anscheinend unentbehrlichen* Milchkaffee dazu?!?"

„Dazu?! Nichts!"

„Nun, irgend etwas *Konsistentes* müssen Sie doch dazu nehmen! Ein leerer Kaffee schmeckt einem ja gar nicht — — —."

„Nein, ich nehme nichts dazu; mir schmeckt nur ein *leerer* Milchkaffee — — —."

„Nun, mein sehr geehrter Herr, bei uns geht das eben nicht. Sie werden mir freundlichst die *Konzession* machen müssen von zwei Buttersemmeln — — —."

„Ich hasse Butter, ich hasse Semmeln, aber noch mehr hasse ich Buttersemmeln!"

„Nun, diesen Haß werden wir schon noch *besiegen*! Ich habe schon *schwierigere Kunststücke* fertiggebracht, mein Lieber — — —. So, und jetzt begeben Sie sich stillvergnügt zu Ihrem Frühstück in der Veranda. Noch eins: Pflegen Sie nach dem Frühstück auszuruhen?!?"

„Je nachdem — — —."

„Je nachdem gibt es nicht. Entweder Sie ruhen oder Sie machen Bewegung — — —."

„Also dann werde ich ruhen — — —."

„Nein, dann werden Sie eine halbe Stunde lang gehen — — —!"

Der Delinquent verläßt wankend das Amtszimmer und begibt sich zum *Strafantritte* auf die Veranda zum Frühstücke, verschärft durch zwei Buttersemmeln.

Einige Tage später. Der Staatsanwalt: „Nun, sehen Sie, mein lieber berühmter Dichter, Ihr Gesichtsausdruck ist schon ein viel freierer, ich möchte sagen, ein menschlicherer, nicht so präokkupiert von fixen Ideen — — —. Haben Ihnen die zwei Buttersemmeln geschadet?! Na also!"

Nein, sie hatten ihm nicht geschadet, denn er hatte sie täglich im Hühnerhofe verteilt — — —.

Nachmittagsvisite.

„Herr Peter Altenberg möchten sogleich zum Herrn Direktor komme — — —."

„Setzen Sie sich, bitte.

Ich habe Ihnen den Alkoholgenuß strengstens untersagt — — —."

„Jawohl, Herr Direktor — — —."

„Kennen Sie diese ganze Batterie von leeren Sliwowitz-Flaschen?!?"

„Jawohl, es sind die meinen — — —."

„Man hat sie heute unter Ihrem Bette aufgefunden — — —."

„Ja, wo sollte man sie denn sonst auffinden?! Ich habe sie ja dort deponiert — — —."

„Wie haben Sie sich das Gift in meiner Anstalt verschafft?!"

„Ich bestach jemanden. Sein ehrliches Gewissen ließ es bei zwei Kronen nicht zu. Da offerierte ich ihm drei Kronen."

„Sie sind also unschuldig an der ganzen Sache, sondern der ungetreue Diener ist der Schuldige! Ich werde ihn zur Rechenschaft ziehen, obzwar er bereits fünfundzwanzig Jahre im Hause ist und er sich, *soweit ich es übersehen konnte,* stets einer tadellosen Konduite erfreut hat — — —."

„Herr Direktor, Sie haben mir doch noch gestern gesagt, daß ich in Ihrer Anstalt und durch das regelmäßige solide Leben hier mich um zwanzig Jahre direkt verjüngt hätte und fast gar nicht mehr wiederzuerkennen sei?!?"

„Das sagte ich *aus pädagogischen Gründen*, um Ihr Selbstbewußtsein zu stärken — — —."

„Herr Direktor, darf ich mir die leeren Sliwowitz-Flaschen bei Ihnen später abholen lassen ?!? Ich bekomme nämlich für jede sechs Heller retour — —."

Direktor zu dem unredlichen Angestellten: „Sie Anton, wie konnten Sie sich unterstehen, nach fünfundzwanzig tadellosen Dienstjahren, einem Patienten, und sei es auch ein berühmter Dichter mit Eigenheiten, solche Mengen Branntwein gegen Bestechung zu verschaffen?!?"

„Aber Herr Direktor, wenn ich das nicht schon seit Jahren bei hundert Alkoholikern getan hätte, wäre uns ja ein jeder schon am dritten Tag davongegangen, und wir hätten unsere Anstalt leer stehen gehabt!"

„Nun gut, Anton, aber sorgen Sie wenigstens dafür von nun an, daß die leeren Flaschen nicht gefunden werden — — —."

„Herr Direktor, das hat mir der Diener Franz angetan, aus Rache, weil ich mir soviel nebenbei verdiene — — —."

Direktor zum Diener Franz: „Sie, Franz, kümmern Sie sich um Ihre eigenen Angelegenheiten! Sie verdienen genug, indem Sie unsere Alkoholiker mit unseren Hysterikerinnen ein wenig ,*anbandeln*‘ lassen — — —. Ein jeder hat sein Ressort. In einer Anstalt muß Ordnung herrschen!"

DIE ROMANTIKERIN I.

Ich hielt diese Fünfzehnjährige wirklich für ein Ideal slawischer Schönheit, Stumpfnase natürlich, aschblondes Haar, hechtgraue oder taubengraue Augen. Alles an ihr gefiel mir, und nichts an ihr mißfiel mir. Ihr Schweigen war düster-merkwürdig, ihre Interesselosigkeit an den Dingen des Lebens erschien mir wie die versteckte Weisheit eines vorausahnenden, gleichsam seherischen jungen Geschöpfes, an das doch heutzutage, wie die Dinge einmal stehen und liegen, sich in jedem Augenblick *irgendeine Niederträchtigkeit* heranschleichen könnte! Aber vorläufig war sie geborgen, beschützt, geborgen! Nun, trotz alledem war ich nur ein kühler Beobachter, den das alles absolut gar nichts anging, und der sich höchstens einmal zu einem Veilchensträußchen für 60 Heller aufschwang. Ich sagte zwar, es habe eine Krone gekostet, aber mit gutem Recht, da die Prozente, die mir die Blumenhändlerin als einem Dichter gab, eine Privatangelegenheit bilden für sämtliche Beteiligte. Nun, eines Tages bat mich die Süße, ob sie für ein Stündchen in meinem Zimmerchen ausruhen dürfe, während ich auf dem Spaziergang befindlich wäre. Ich erlaubte es ihr. Als ich abends mein Zimmer betrat, lagen, nett angeordnet im Kreise, sieben Haarnadeln auf der weißen Marmorplatte meines Nachtkästchens, als stiller Dank für die Beherbergung. Seitdem bin ich ein anderer Mensch geworden. Diese kindlich-zarte, spielerisch-nette Romantik hat mich gerührt. Diese sieben Haarnadeln sind etwas Positives von ihr, sie befanden sich vordem in ihren aschblonden seidenweichen Haaren. Ich empfand es als eine kolossale Belohnung, ich bewahrte die Haarnadeln in Seidenpapier und schrieb das Datum darauf. Ich nehme sie oft heraus und betrachte sie. Ich bin kein objektiver Beurteiler mehr seitdem. Ich denke immer, wie nett sie diese sieben Haarnadeln im Kreise angeordnet hatte, wie eine Zeichnung für Anfänger, strahlender Stern. Ich werde mich schon wieder „zur Objektivität" durchringen, denn es ist das Einzige, was man hat, wenn man gar nichts hat!

ERBLEICHET! ERRÖTET!

Ich kann es immer nur wiederholen und wiederholen: „Suchet *Zugluft* auf!" Es gibt eine ganz einfache Art für reiche Leute, 150 Jahre alt zu werden, das ist, neben dem Chauffeur, bei jeglichem Wetter, mit freiem Halse und ohne Hut durch die Welt zu fahren, und nur nachts in ruhigen Zimmern, bei *weit geöffneten* Fenstern, zu rasten. Zugluft ist das Heilmittel! Alles daran zu setzen, sie *vertragen* zu können, ist das Wesen des modernen „Höchstkultivierten"! Angst vor Rheumatismus oder Bronchialkatarrh ist das *absolut untrügliche* Zeichen eines tief rückständigen *unaristokratischen* Organismus! Da helfen weder Ahnen, noch sogenannte *künstlerische Qualitäten*! Der betreffende Organismus ist in jeglicher Beziehung „geschnapst". Ein Sänger, der seinen Kragen hochstellt, ist kein Sänger. Seine Kunst kann ihn in jedem Augenblick im Stiche lassen! Regen, Sturm müssen dem echten Sänger Labsal, ja Erquickung sein! Er setze sich auf dem herrlichen Plateau der Rax tagelang dem Gebrause aus! Was die Legföhre aushält und das Rhododendron, gerade eben dasselbe muß *auch er aushalten*! Abgehärtete Frauen sind bereits *dadurch allein* schon in einer „höheren Rangsklasse"! Verwöhnte sind Gänse, *in jeder Beziehung*! Ich kenne alle Seelen und Gehirne der nicht absolut abgehärteten Menschen. *Es ist Talmi und Pofel! Schein*-Existenzen!

OSTERMONTAG AUF DEM SEMMERING

Die Lärchenbäume haben sich jedenfalls noch nicht verändert. Sie sind gelb-grau geblieben wie im Winter. Sie lassen keine Hoffnung zu. Bis alles geschehen sein wird, der *geordnete sichere* Frühling, dann erst werden sie ernstlich „ergrünen". Sie sind „voraussichtige Genies" unter den Gewächsen, so Bismarcks, Moltkes der Pflanzenwelt. Andere sind allzu hoffnungsvoll, stecken den Kopf heraus, glauben, es wird sich schon machen, zum Teufel!, und, hast du nicht gesehen, sie verwelken! Aber die Lärchenbäume sagen: „Wenn wir einmal anfangen, grün zu werden, dann, dann gibt es *kein Zurück mehr*, verstanden?! Und dann bis in den Spätherbst hinein, hurra!" Der rote Vogelbeerbaum macht etwas Ähnliches, erhält sich sogar mit weißen Schneehütchen seine grellroten Vogelbeeren, die letzte Nahrungsstätte der gedrungenen farbigen Gimpel!

Ostermontag. Ein Arbeiter spielt auf der Harmonika, und eine Frau ruft: „Zum Essen!" Irgend etwas Besonderes gibt es heute, etwas, was die „gewöhnlichen Ausgaben" übersteigt! Romantik des Feiertagsessens! So hatten wir in unserer Kindheit Sonntags stets „Juliennesuppe", Poulard mit Erdäpfelsalat, und Karamelpudding mit Himbeersaft. Der Himbeersaft war nie gewässert, verdünnt, wie stets in anderen Bürgerhäusern; denn meine Mama hatte die Absicht, eine jede Hausfrau zu demütigen, zu blamieren, indem sie erklärte, in ihrem Hause werde der Himbeersaft, direkt aus der Originalflasche, *unverdünnt* serviert! Viele Damen hielten sie infolgedessen für verschwenderisch, ja sogar in gewisser Hinsicht für exzentrisch. Andere aber bewunderten sie als eine Art von zwar unverständlichem, aber dennoch höherem Wesen; Himbeersaft direkt aus der Originalflasche!?

Vor meinem Fenster ist ein Reh in einem Holzverschlage. Es ist so ein Plakat für „Wildreichtum der umliegenden Waldungen"! Es schnuppert wie eine Ziege, es denkt: „Die Freiheit habe ich eingebüßt, da will ich wenigstens kulinarisch genießen!"

Im „Kino" schießt ein kleiner Knabe alles aus einer von einem Onkel geschenkten Büchse zusammen. Zuletzt schießt er den schweren Lüster vom Plafond herunter. Da sagte ein dreijähriges Mäderl neben mir: „Ist der Lüster jetzt gestorben?!" „Nein," erwiderte ich, „er hat sich nur ein bißchen weh getan!"

Es ist Ostermontag. Ein jeder glaubt es zu spüren direkt, weil er es nach dem Kalender weiß! Morgen, 9. April, ist ihr zwölfjähriger Geburtstag. Aber ich darf ihr nicht gratulieren; erstens, weil die Herren Eltern es nicht erlauben, zweitens, weil ich weder ihren Namen noch ihre Adresse weiß! Aber ich habe sie gehen gesehen, das genügt für meinen *Turmfalkenblick*! Ich würde ihr schreiben: „Dante Alighieris Beatrice, 1912"! Aber wozu?! Bin ich Dante?! Nach 500 Jahren soll man sie mit mir in Beziehung bringen! Siehe, meine Seele hat *Zeit*, über ihren eigenen Tod hinaus zu *warten*! —

BERGHOTEL-FRONT

Sechs Uhr morgens. Ein nebeliger Julimorgen. Alles duftet nach feuchtigkeitsdurchsogenem Waldboden. Alle Fenster sind geschlossen, bis auf die der jungen Schönheit, die vor den Toren der Lungentuberkulose angelangt ist. An diesem Fenster hängt, vom gestrigen Abendprunke, ein tiefblau seidenes Gewand, bewegt sich im Morgenwinde. Irgendwo singt eine Kinderfrau ein Kindchen wieder in den unterbrochenen Morgenschlaf ein. Ein Hund kriecht vorüber, als käme er von einer Sündennacht außer Hause. Ich denke: „Klara, Franziska, Sonja — — —", und belausche ihre geliebten Kinderatemzüge, die ich nicht höre!

LANDPARTIE

Ich bin „radikal" geworden. Ich mache mit einer mir sympathischen Dame eine Eisenbahnfahrt von 25 Minuten nach M. Wenn sie nicht am Fenster lehnt und in die Landschaft hinausstarrt, bin ich bereits enttäuscht, nicht mehr ganz „à mon aise". Sie erwartet also „anregende Konversation", pfui! Wenn sie sagt: „Es zieht, machen Sie, bitte, das vis-a-vis-Fenster zu", bin ich mit ihr fertig. Rheumatismus zieht nicht bei mir, das ist schlechtrassig, so 1870, zur Krachzeit. Wenn ich ihr in M. das herzige, brausende, dunkle Flüßchen zeige, muß sie entzückt sein, ja sie muß, sie muß, sie muß! Wenn ich ihr den Frieden der langen Dorfstraße zeige, muß sie selbst „friedevoll" werden! Wenn ich ihr das niedere, schneeweiße Haus zeige mit den schwarzen Eisengittern und den vergoldeten Schleifen und sage: „Hier hatten die Generäle Napoleons des Ersten Quartier!", so muß es ihr wie heiliger Schauer über ihren rosigen Rücken laufen! Billiger gebe ich es nicht. Es sind schlechte Zeiten angebrochen für wirklich zarte Seelen, und daher muß man prüfen, ehe man ewig Landpartien macht! Wenn sie in dem kleinen, traulichen Dorf-Kaffeehaus ihren Tee selbst bezahlt, ist es gut. Wenn nicht, ist es bedenklich. Wenn sie den Sonnenuntergang nicht beachtet, sondern lieber von einem erzählt, der sie einst sehr, sehr geliebt hat, ist es vollkommen verfehlt. Auch der Rauch der Lokomotiven sogar hat sie zu interessieren. Wenn sie sagt: „Ich möchte nicht gar zu spät nach Hause kommen", so ist es falsch. Mit mir kommt man immer *zu früh*, und nie zu spät nach Hause. Auf der Rückfahrt hat sie eine andere zu sein wie auf der Hinfahrt! Wie sie das macht, ist *ihre* Sache! In dem „langen Tunnel" hat *nichts* zu geschehen! Aber sie hat es innerlich zu bedauern, *daß* es so war! Ich bin „radikal" geworden. Eine Fahrt von 25 Minuten; Aufenthalt; retour — und ich weiß alles!

PSYCHOLOGIE

Ich beurteile schon seit längerer Zeit die Menschen nach den *Gegenständen*, die sie tragen, lieb haben und für hübsch finden. Das ist ein „biografical essay" über ihr eigenes Wesen! Zum Beispiel sind mir Männer höchst suspekt, die Stöcke tragen mit oxydierten Silbergriffen, die irgend etwas vorstellen, wie Hundekopf, Schlange oder gar ein reizendes Frauenköpfchen mit Lockengewirr. Freilich haben die Kerls dann die Ausrede, sie hätten es von einem lieben Freund geschenkt erhalten; aber erstens hat man keine solchen geschmacklosen Freunde eben nicht zu haben (*zwei* Verneinungen geben leider eine Bejaung), und zweitens kann man das Geschenk einem guten Freund auch über den Schädel hauen. Überhaupt bin ich unter *kultivierten Menschen* nur für „*Bons*" in einem bestimmten Geschäft! Suspekt ist mir auch rosa, hellblaue und grellrote Seide, während Atlas, Samt oder Damast bereits zu den „leichten Vergehen wider die Sittlichkeit" zu zählen sind. Bedruckte, nicht gewebte Krawatten, erregen ziemliches Bedenken, obzwar hier die „Natur-Bauernmuster" noch zu *pardonnieren* sind. In „einer einzigen Farbe" gekleidet sein, vom Hut bis zu den Schuhen, ist „letzte Aristokratie" 1913! Schirme haben nur *Naturgriffe* zu haben. Ein *freier Hals ist edelrassig*. *Hohe* Krägen sind ein *Nonsens*, außer für Störche. In einem Kleidungsstücke nicht *sämtliche* Bewegungen eines erstklassigen Parterreakrobaten im „Apollotheater" machen zu können, ist *schlechtrassig*! Hosen können nie breit genug sein, und sind *immer* noch viel zu eng! Letzte Knöpfe am Gilet *offen zu lassen*, ist eine miserable Vergeßlichkeit.

Jemandem, der sagt, er wolle nicht auffallen, dem erwidere ich, daß auch Beethovens Adagios auffallend waren, nämlich *auffallend schön*! „Die Herde ist *das*, wovon man sich *in allem* zu unterscheiden hat!" „Man trägt jetzt — — —" ist ein *hundsordinärer* Blödsinn.

„Guten Morgen, mein Herr, wie steht Ihr wertes Befinden?!" sagte ich zu einem Fremden, der auf dem „Semmeringer Hochweg" mit *Zylinder* spazieren ging.

„O sehr gut, in dieser herrlichen Gebirgswelt; aber woher kennen Sie mich denn?!"

„Ich kenne Sie seit Ihrer Geburt wie meine eigene Tasche, da ich sehe, daß Sie hier einen Zylinder tragen — — —"

„Ich bin das meiner Stellung in der Welt schuldig, mein Herr — — —"

„Auch das habe ich sogleich bemerkt, daß Sie irgendjemandem irgend etwas schuldig sind — — — !"

VOR-VORFRÜHLING

11. Februar. Semmering. Ich versuchte es, nach drei Wochen Krankheit auszugehen. Alles schwamm in Nebel und Nässe. Die Rodelwege waren nicht mehr vorhanden, ein grauer Schlamm mit ein wenig Glatteis waren an ihrer Stelle. Alles war schmutzig, ungepflegt, bereitete sich vor für sonnige Frühlingstage, die trocknen, fegen und beleben sollten, vor allem aber mit der Winterwirtschaft ein Ende machen. Denn weshalb noch hinziehen, was ohnedies vergehen soll?! Um jedes Gebüsch herum waren tiefe Schneelöcher, die Dächer trieften vor glänzender Nässe, ebenso die eisernen Straßengeländer. Schneerosenknospen wuchsen überall, man stellte sie in Gefäße, aber sie erblühten nicht, aus irgendeinem versteckten Grund. Man bedauerte die Vögel nicht mehr, Krähen und Gimpel, obzwar sie jetzt ebensowenig zu fressen hatten wie im starren Winter. Die, die das überstehen hatten können, würden auch das noch überstehen. „Ein miserables Wetter", sagen alle, obzwar es in seiner Miserablität gerade *rührend schön* ist. Die Menschen ziehen sich zurück, wie vor einem Menschen, der nicht mehr „sein Bestes" leistet. Es ist nicht Fisch, nicht Fleisch, sagen sie einfach. Nein, aber es ist *rührendes Patschwetter*. Ich finde es nicht, daß es weniger anziehend ist als der starre Winter und der helle, klingende Frühling. Der zerrinnende Schnee ergreift mich. Er war einst so herrschsüchtig, so unerbittlich, so zäh-fest. Die „Champions" liebten ihn, nun sind sie von ihm abgefallen. Sie können ihre überschüssigen Lebenskräfte nicht mehr an ihm erproben, schwächlich geworden, sucht er, gleichsam

verlegen, in Bächlein abzurinnen, zu verschwinden. Und man hatte ihn doch so sehr geliebt, direkt verhätschelt, als er noch *brauchbar* war. Jetzt könnte man singen:

„Schnee, du wirst grau und schmutzig — — —
was ist mit dir?!
Zu nichts mehr bist du nütze — — —.

Willst du vielleicht sogar meinem geliebten Kinde einen Schnupfen bringen?!? Du Schnee, dann, dann mag ich dich auch nicht mehr, verschwinde!" Und im Gelände werden bald Primeln und Veilchen stehn, und ich werde sie pflücken und sie dir nicht geben, das heißt *äußerlich*, vor den Menschen. Aber *vor Gott*!

GEDENKBLATT

Es ist merkwürdig in meinem Leben. Immer dasselbe. Als ob ich nicht älter, nicht reifer würde. Und ich bin doch schon uralt und todeskrank. In meinem 35. Lebensjahr, an meinem heißgeliebten Gmundener See, schlossen sich zwei Kinder, von 9 und 11 Jahren, mit ihren zarten Seelen leidenschaftlich an mich an. Dadurch entstand meine überhaupt erste Skizze, die ich je geschrieben habe, in der Nacht nach dem Abschied der Kinder von mir, „9 *und* 11". Eines Abends erklärte die 9jährige unter Tränen, indem sie das Nachtessen verweigerte, sie würde nichts mehr essen, bis ich nicht zu ihnen ins Haus zöge. Daraufhin schrieb mir der Vater, er verbitte sich von nun an jeglichen mündlichen und brieflichen Verkehr, ja sogar den Gruß auf der Straße, da er meinetwegen doch nicht auswandern wolle. Und so geschah es, strikte nach seinem Befehl. Acht Jahre später erschien nach einer Burgtheaterpremiere der Vater mit seinen, zu herrlichen Geschöpfen erblühten Töchtern an meinem Stammtisch im „Löwenbräu". „Ich komme zu Ihnen, denn mein Töchterchen A. hat sich gerade so, von selbst, entwickelt, als ob Sie wirklich, ihrem heißen Wunsch gemäß, damals zu uns gezogen wären; eine weltenferne Träumerin!"

Drei Tage später traf sie in der Kärntnerstraße, bei „Schwarz und Steiner", der Gehirnschlag. Sie hatte gerade vorher gesagt: „Da geht mein Loge-Sänger „Schmedes", mit seinem gazellenfüßigen, herrlichen Töchterchen...!" Sie wankte und war tot.

Ich fuhr mit den Eltern im Trauerwagen.

Da sagte der weinende Vater, der nun auch schon tot ist: „Wenn ich das hätte ahnen können, hätten Sie vor acht Jahren unbedingt zu uns ziehen müssen — — —!"

„Nein", erwiderte ich, „auch wenn Sie das hätten ahnen können, wäre Ihnen eine *tote Tochter* lieber gewesen als eine, die den *Dichter verehrt*!"

OBERFLÄCHLICHER VERKEHR

Ein Herr, den ich zehn Jahre lang nicht gesehen hatte, kam im Berghotel per Automobil an und sagte zu mir: „Gut, daß ich gerade Sie hier begrüßen kann. Sie kennen sich doch auf dem Semmering gewiß gut aus. Wo ist hier der *Raseur*?!" — „Gleich im Hause daneben", erwiderte ich. — „Ich wußte es ja," sagte er beglückt, „daß ich mich an die richtige Adresse gewendet habe; adieu — — —."

Ein Herr schreibt mir aus Prag: „Teurer verehrter Meister, in Ihrem Buche „Prodromos" ist ein englischer Reibhandschuh angepriesen. Kann ihn in ganz Prag nicht finden. Bitte auch um genaue Angabe des Preises!" Ich schrieb zurück: „Bürsten sind nur in Eisenhandlungen zu finden, Preis 1 Krone und 10000, je nach der Qualität!"

Eine Dame, die mir ausnehmend gut gefiel, sagte mir: „Ich habe ein diskretes Anliegen an Sie. Können Sie mich nicht mit Ihrem reizenden Freunde bekannt machen?!" — „*Nein!*" erwiderte ich schlagfertig.

Ein Herr aus Berlin schrieb mir: „Wie lange wollen Sie noch uns Leser mit Ihren Brocken von angeblicher Seelentiefe *anöden*?!" Ich erwiderte, ich sei zwar schon ziemlich abbröckelnd, aber den genauen Zeitpunkt des *definitiven Endes* könne ich nicht angeben, er möge sich noch ein wenig gedulden — — —.

Jemand fragte mich, wo denn eigentlich meine Bücher zu haben seien?! Worauf ich erwiderte: „Ich glaube, der Bäckermeister oder der Schuster dürfte noch einige Exemplare auf Lager haben — — —."

Jemand schrieb mir aus Klein-Höflein, wo ich nie

gewesen war und auch *niemanden* kenne: „Falls Sie nicht innerhalb acht Tagen Ihre Schuld von 11 Kronen 60 Heller bezahlen, werde ich die Sache meinem Advokaten übergeben!" Infolgedessen bezahlte ich 11 Kronen 60 Heller nach Klein-Höflein. Wenn ich nur wüßte, wo dieser Ort liegt?!

Jemand sagte zu mir: „Ah, Sie sind der berühmte Herr Paul Altenberger, über den so viele gute Witze kursieren?!" Ich sagte, ich hätte noch andere Qualitäten, und entfernte mich hoheitsvoll-gelassen.

Eine junge Dame sagte zu mir: „Einmal und nicht wieder!" Ich hatte sie nämlich ihr Nachtmahl selbst bezahlen lassen. Freilich hatte ich die vergebliche Hoffnung gehabt, sie würde auch meines gleich mitbezahlen — — —.

Eine reiche Familie, der ich es mitteilte, daß heute, 9. März, mein Geburtstag sei, sagte im Chore, daß man es mir wirklich gar nicht ansehe, ich schaute aus wie ein guterhaltener Fünfziger. Mir wäre es lieber gewesen, ich hätte den „Fünfziger" gut erhalten!

Das sind lauter oberflächliche Bekanntschaften, nichts Solides dahinter, kein Gemüt und kein Geld. Es ist sehr, sehr schwer, Menschen zu finden, die sich wirklich und ernstlich an einen anschließen — — —.

BEAUTÉ

So wenig also hältst du von der Schönheit deines
nackten weißen oder braunen Edelleibes, daß du dich
verpflichtet fühlest, ihn zu schmücken, sagen wir
„behängen" und „belasten" mit hundert Edelfellchen
wertvoller Tierchen?!

Stolz nennst du die *Summe,* die es *gekostet* hat — — —.
Erhöht es deinen Wert, daß man *für dich bezahlte*?!
Du weißt, die Besten gehen *in geflickten Kitteln,*
ihr Pelz ist Demut und Bescheidenheit.
Oder sie tragen das *heilig-einfache* Gewand der
       Pflegeschwestern.
Schwarz weiß und eine große Brosche in Email mit
       einem Kreuz
zierten euch mehr!
Von *innen* strahlt der Wert nach außen aus,
mit Mardermänteln bleibst du roh und *nichtig*!
Ich *hasse* jene Männer, die euch lieben,
in eurem stinkenden Prunke!
Nein, ich hass' sie *nicht,*
denn ihre *Liebe* ist *derselbe* Schein wie Eure Fetzen,
sie lieben nicht — — — sie *hassen* und *verachten* Euch
vielleicht *noch mehr,* berechtigter als ich!!! Jedoch, sie
       müssen!

DIE SPIELEREIEN DER REICHEN LEUTE

In einem ersten „Cercle" der Residenz kam man auf die Idee, einen Preis von 10 Flaschen Champagner auszuschreiben für die allerstupideste Frage. Ein Graf gewann den Preis mit der Frage: „Comment un homme de tacte et de goût doit-il se comporter, lorsqu'il rencontre la nuit dans une forêt un *accent circonflexe*?!"

RICHTIGE, ABER EBEN DESHALB WERTLOSE BETRACHTUNGEN

Es ist eigentlich ganz widersinnig, auf eine Frau eifersüchtig zu sein, die einem noch gar keine Konzessionen gemacht hat. Denn *je mehr* Konzessionen sie *den anderen* macht, *desto größer* ist die Chance, daß sie einem dieselben mache, und *eventuell* noch größere! Es ist die falsche *ewige* Hoffnung, sie für *sich allein* erlangen zu können! Aber das *kann man nicht.* Denn es hängt nicht von dem ab, was sie gewähren, oder *nicht* gewähren will, sondern von der ewigen Reizung ihres Nervensystems, daß tausend Männer das und das *von ihr* sich *ersehnen*! *Das* allein läßt sie nicht „zur Treue" kommen. Es wäre denn, daß man alle anderen überbiete! Aber solche „Coups" gelingen selten auf der *Lebensbörse*!

DIE PROBE

Es gibt eine sichere Probe für Sympathie. Ich denke mir alle schönen Mädchen hier in dem Berghotel, die mir gefallen, der Reihe nach quer über eine breite weiße Landstraße aufgestellt. Plötzlich rast von einer scharfen Kurve her ein riesiges Automobil. Welche wirst du instinktiv zurückreißen, erretten?!? Von allen nur Klara, Franziska und die blonde 13jährige süße Ungarin!

EREIGNIS

Am 24. Juli haben sie die Bergwiesen gemäht — — —
hingeschnitten die diskreten Farben eines alten
Perserteppichs — — —

die Duft-Symphonien abgebrochen unserer
„musikalischen Nasen"! Wie ein Kapellmeister „abklopft".

Frischer einfacher Heuduft wurde sogleich, und schon
ahnte man feiste Kühe mit den Stampfmühlen ihrer feuchten
Mäuler für die rosigen Euter es vorbereiten!

Wie *Urkraftrausch* waret ihr, Bergwiesen, bis zum 24.
Juli.

Es dröhnte von Hummeln; es schimmerte braunwolkig,
distellila, schafgarbenweiß , königskerzengelb, arnikagold;
es roch wie „Menagerie", „Apotheke"; wie Bienenhonig
schmeckt, so roch es im vorhinein.

Es betäubte süß und belebte.

Es vermittelte: sanft einschlummern, frisch erwachen!

Nun ist es nicht mehr.

ENDE

Vom 17. September 1911 bis 19. Oktober 1912 war sie seine kleine Heilige. Sie wår geboren 9. April 1900.

Dann erzählte ihr eine Dame der sogenannten „guten Gesellschaft", daß er ein Säufer sei, und schon zwei Jahre im Irrenhaus interniert gewesen sei.

Hatte er sie seitdem weniger lieb?! Das war ja unmöglich.

Aber sie schämte sich *seitdem* seiner Verehrung — — —.

Die Liebe eines besoffenen Tollhäuslers?! Pfui Teufel!

Da wollte er ihr das ersparen, und mied sie von nun an.

Hie und da hörte er in den Korridoren des Hotels ihre geliebte jauchzende Kinderstimme.

Da schloß er denn die beiden Türen seines Zimmers und warf sich, in unmeßlichen körperlichen und seelischen Qualen, auf sein Sofa hin.

So endete eines seiner schönsten, seiner tiefsten *Lebensgedichte*, das viel Leid, viel Begeisterung und viel, viel Liebe in sich ein Jahr lang geborgen hatte!

NACH ABWÄRTS

Niemand beschrieb noch körperliche Qualen — —
weißt du, wie Brandwunden sind am zarten
Fingerballen?! So brennt es dir im ganzen Leibe,
und keine Linderung durch aufgelegtes Leinöl;
es brennt Tag und Nacht.
Wie eine mittelalterliche Folter, der du unterliegst; die
Folterknechte aber sind im Innern; und unsichtbar ereignet
sich das Schreckliche.
Scheinbar friedlich sitzest du in deinem Zimmerchen,
und draußen ist der braune Bergwald.
Er kann dir nicht mehr helfen, er, der dir einst half zu
den Begeisterungen, dem besten Mittel, jung und stark zu
sein!
Und nachmittags irr' ich in den langen, schmalen,
düsteren Korridoren,
das Antlitz meiner kleinen Heiligen zu sehn.
Wenn ich sie erschaue, ergreift mich der Gram.
„Wie geht es Ihnen heute?!" sagt sie sanft, und blickt
erstaunt auf diese menschliche Ruine, die ihr fast täglich tiefe
Hymnen singt — — —.

ABSCHIED

Mein geliebter Pinkenkogel, hart an meinem Fenster aufsteigend,

ich sage dir *Adieu*!

Ich muß nun wieder ins Exil hinter vier Mauern; die Menschen wollen „langsam Sterbende" nicht sehn. Und diese wieder nicht die Menschen!

Dazu sind diese „Institute" da, daß nur der weite Park die Klagen höre.

Der „Pfleger" sieht die Träne ungerührt. Wo käm' er hin, wenn er sich rühren ließe?!

Geliebter Pinkenkogel, lebewohl — — —.

Und sag' auch ihr — — —

wie liebt sie deine Bäume und deine Pfade aufwärts zu der Alm — — —

und sag' auch ihr — — —

nein, sag' ihr nichts!

Sie weiß, daß unter allen Abschiedstränen

die qualvollste *für sie* vergossen ist — — —.

KRANKEN-TOILETTE

Wenn die Anverwandten zu Besuch kommen, wird der Kranke „herausstaffiert". Das geschieht nicht etwa aus irgendeinem Versuche, die Verwandten über den Zustand des Kranken irrezuführen, sondern aus einem ganz einfachen Grunde: Man läßt den Kranken eben solange als möglich in seinem ihm notwendigen, ja zuträglichen Zustande von Apathie. Man zwingt ihn zu nichts, wartet es geduldig ab, bis er von selbst wieder zum gewöhnlichen Leben erwache. Aber gerade den Anverwandten darf man diesen Zustand von organischer und infolgedessen nützlicher Apathie des Kranken nicht vor Augen führen. Denn hierin ersehen sie nur eine traurige *Stagnation* des Leidens, was ihnen in Anbetracht ihrer Sorge und ihrer eventuellen Geldopfer, auch Zeit ist Geld, sagt der Engländer, nicht erwünscht sein kann. Auch erhofft sich der Pfleger ein größeres Trinkgeld, falls der Patient den Eindruck von „rücksichtsvollster Pflege" macht. Das ist doch ganz natürlich und selbstverständlich. Es ihm zu verübeln, wäre albern. Infolgedessen wird der apathische Kranke aus seiner wohltuenden Ruhe plötzlich aufgescheucht, gesäubert, rasiert und nimmt sich in seinem frisch überzogenen Bette aus, wie ein krankes Geburtstagskind. Alle Besucher sind einig darüber, daß er sich fabelhaft erholt habe, und schauen voll Bewunderung und Rührung einmal auf den bescheidenen Arzt, und einmal auf den stolzen Pfleger. Nach dem Besuchstage *verfällt* der Kranke wieder. Gesundheit, Lebensfähigkeit, Energie hängen leider nicht von Besuchstagen ab der Anverwandten. Man schleppt sich hin, eine zerbrochene Maschine, und eines Tages steht man auf und ist gesund. Oder — — — man steht nicht mehr auf. Dann ist auch wieder Besuchstag. Man ist gewaschen, rasiert, liegt in einem frisch überzogenen Bette wie ein Geburtstagskind, aber wie ein totes. Nein, das sind Utopien. Bei Nacht wird man insgeheim weggeführt, denn niemand in der Anstalt soll wissen, daß „etwas sich ereignet" hat, was keine Hoffnung zuläßt — — —.

KUSINE

Mit 52 Jahren stürzte meine Kusine ab vom Seekofel, beim Blumenpflücken.

Mit 16 erhielt sie ihr erstes Ballkleid von „Maison Marisson".

„Sie muß die Schönste sein!" sagte die Direktrice des Ateliers zuversichtlich.

Zum ersten Male dichte Rüschen in gelbem Musselin. Bis dahin trug man nur weiße Ballkleider.

Sie war die Schönste. Sie erregte Neid. Sie glaubte, ein Prinz werde kommen oder etwas Ähnliches, z. B. ein Bankdirektor. Was hätte sie anderes sich erträumen können, in gelben Musselin-Rüschen von der „Marisson", und entouriert von allen?!

Zum Souper meldeten sich 14 Herren.

„Ich hab' nur eine rechte Seite und eine linke", sagte sie glückstrahlend.

Mit 52 Jahren stürzte sie vom Seekofel ab, beim Blumenpflücken.

Was sie erlebt, von 16 bis 52, ich weiß es nicht. Ich kenne nur ihren ersten Triumph und ihren letzten Absturz — — —. *Dazwischen* dürfte so eine Melange gewesen sein von beiden!

LIED

Was nützt des Herbstes braune Symphonie?!

Ich bin zu krank.

Sonst sah ich alles mit dem Blick der Liebe, dem Blicke einer namenlosen Zärtlichkeit.

Ich wußte wie die Buche sich verfärbt im frühen Froste, und wie ihre Röte allmählich erbräunt.

Die Amsel raschelte im dürren Laub, die schwarze Schnecke zog über die Wege.

Du sagtest mir, holdestes Kind, du müßtest nun in ein Institut, für 2, 3 Jahre — — —.

Ja, es ist Herbst geworden, und ich bin zu krank.

ECHT

Ich bin sehr *skeptisch* in bezug auf *Empfindungen*. Festliche Stimmung bei Geburtstagsjausen, bedenkliche Gesichter bei schweren Krankheitsfällen können mir noch lange nicht imponieren. Ich kenne diese „Rolle" wohlerzogener Leute. Darüber mehr zu sagen, wäre eine Banalität, obzwar auch dieses wenige schon eine beträchtliche ist. Aber *eine* Empfindung gibt es, die *nicht* unecht ist, das ist das klägliche Aufheulen, ähnlich wie Hunde beim Klavierspielen, der allernächsten Angehörigen, in *dem* Augenblicke, da der Sarg aus dem Schlafzimmer hinausgetragen wird. Da gibt es kein Schluchzen, kein adieu, kein Lebewohl, kein *oh* und kein *ach*. Da gibt es nur ein klägliches erschreckendes Aufheulen, ein Winseln, wie wenn man den liebevollen Hund aussperrt, ihm die Türe vor der Nase zuschlägt. Freilich „derfangt" man sich sogleich wieder, von den „nicht allernächsten" Verwandten liebevoll gestützt, und wankt zu Hut, Handschuhen und Schirm. Der Leichenwagen wartet nämlich.

Aber dieser *eine* kurze Augenblick ist *echt*, da der Tote sein Schlafzimmer verläßt, getragen von vier fremden Männern. Da sagt man nämlich wirklich Adieu und heult auf, und winselt und spürt es daß eigentlich alles, alles auf der Welt nicht dafürsteht — — —.

GESPRÄCH

„Wie ist das also, Peter, mit dem ›Geben‹, wie Sie immer behaupten, das seliger sein soll als das ›Nehmen‹?! Wie ist das?!"

„Das ist also so: wenn du an einem Bettler vorbeigehest, und du bist nur erfüllt, gehoben, durchwärmt von dem Gefühle, eine exzeptionelle Freude jemandem bereiten zu wollen, die in deiner Macht steht, sie zu spenden, und du schenkst ihm da eine Krone, während er dich ansieht, anstarrt, als hättest du dich nur in der Münzsorte vergriffen, du aber gehest, ihm zunickend, hinweg — — — das ist: *Geben* ist seliger denn *nehmen*! Wenn du aber denkst: „Pfui, diese Belästigung! Dieser alte zerfetzte, demütige Hund!" Und du gibst ihm dennoch 20 Heller, so hochnäsigwiderwillig, dann, dann ist: Geben *unseliger* denn nehmen!"

„Peter, also da hast du — — — 20 Heller! Nein, ich habe nur Spaß gemacht. Ich will dir eine Krone schenken, hole sie dir heute nacht von meinem Nachtkästchen ab — — —."

BILANZ

Es gibt Dinge, die *unvergeßlich* sind. Mit *diesen* hat man seine Seele zu beschäftigen und alle anderen Dinge zurücktreten, verblassen, verschwinden, also allmählich *absterben* zu lassen. Unvergeßlich ist das Vöslauer laue Schwimmbassin mit Lindengeruch. Dann der „Lackaboden", Alm vor dem Schneeberg; die Bodenwiese mit den Kolröserln; Austern à discrétion, also sechs Dutzend; die kleine „Veilchenfeld", die kleine Magda S., Evelyn H., Klara und Frantzi P. und Eva Leopold und Sonja Dunjersky. Dann Richard Wagner, Beethoven, Mozart, Bach, Grieg, Hugo Wolf, Richard Strauß, Johannes Brahms, Puccini, Massenet. Dann die „Topfen-Pastete" und „Filet de Sole à la Morny" und „Poires bonne femme" und „pommes concierge". Dann „Hamsun", „Strindberg", „Maeterlinck", „Gerhart Hauptmann". Dann „Van Dyck" als „Des Grieux" in „Manon", „Maria Renard" als „Lotte" in „Werther", „Hermann Winkelmann", in *allen* seinen Rollen. Dann der „Semmering", zu *allen* Jahreszeiten. Man muß „Buch führen" über „reelle Werte", im sonst leicht „passiv werdenden" Dasein! Frauen haben eine perfide Geschicklichkeit, „unreelle Werte", wie Schmuck, Pelz, Kleider, in ihr „Plus-Konto" des Lebens frech einzutragen. Da müssen sie halt die ganze Bilanz plötzlich durch einen „feschen Offizier" wieder ins Gleichgewicht bringen! Auch „unglückliche Spieler" legen sich plötzlich eine „Geliebte" zu, um sich es in ihrem *falschen Buch-Konto* zu verrechnen, daß sie *„an ihr"* zugrunde gegangen sind!

Eine richtige, anständige, ehrliche „Bilanz des Daseins"

führen nur die Selbstmörder. Aber wie wenige, hélas, gibt es noch heutzutage?!

SEHR GEEHRTES FRÄULEIN!

Sie lieben also Albert!?

Sie suchen also eigentlich einen Mann, dem Sie „sein Alles" sind; der durch Sie es vergißt, daß die Welt *erfüllt* ist von herrlichen, merkwürdigen, anmutigen und originellen Geschöpfen!? Sie suchen also einen *Idioten*! Einen, dem Sie *die Schmach* antun, ihn in einen Zustand zu versetzen, wie der Auerhahn auf der Morgenbalze. Einen, der vor Gefühl *nichts anderes* mehr sieht und hört um ihn herum! Um ihm etwas *bieten* zu können, rauben, stehlen Sie ihm seine Weltenseele, und für eine Haarnadel aus Ihren Haaren gibt er das Glück von Tausenden eventuell hin! Und diese Scheuklappenpolitik nennt Ihr dann „Liebe"! Ein *verdoppelter* Egoismus, dem zum „heiligen *Dreibund*" nur noch der miserable Köter „Putz" fehlt, an den Ihr Euch gemeinsam attaschiert!

HERBSTLIED

Die Ahornblätter sind wieder goldgelb, man kann die einzelnen goldenen Bäume zählen im dunklen Forste. *Also* ist es Herbst.

Gerade vor einem Jahre sah ich sie, 25. September 1911.

Sie war 11 Jahre alt. 11! Was macht es?!?

Der Wald bot damals alles, was er heute bietet, und immer bieten wird — — —.

Nur ich bin düsterer geworden, weil ich *zuviel* an ihre Zukunft denke.

Als ich sie damals sah, da ging ich in den Wald, um mir es einfach jauchzend mitzuteilen: „Du hast das Herrlichste erschaut!"

Jetzt aber, tieferfüllt von ihr, seh' ich im düsteren Herbstwald dunkle Schatten kommender Eroberer!

Oh, Gnade, Gnade, Ihr Herren, für mein geliebtes Kindchen!

Tut ihr nichts!

Die Ahornblätter sind wieder goldgelb geworden, man kann die goldenen Bäume einzeln zählen im dunklen Forste. *Also* ist es Herbst.

EWIGE ERINNERUNG

Von Kortina brachen wir auf, Automobil, 9 Uhr morgens, und schlängelten uns hinauf, auf den Falzaregopaß, 2117 Meter. Hinter dem Hotel pflückte ich „Speik", diese weiße duftende Bergblume, Kindheitserinnerung. Der Boden war schwarz, weich und feucht; und überall rieselte Schneewasser. Und dann hinab ins Tal. Und von da aus sogleich wieder auf den Pordoihjochpaß, Kristomanos-Schutzhaus, 2250 Meter. Da gab es gar keine Blumen mehr, wie herrlich. Der starre Sturm verbat sich alles Blühen. Er stöhnte und beherrschte! Wie wenn man als Kind eine große Seemuschel ans Ohr dicht anlegt, so brauste es. Nur sagt man in jenem Falle, das Tosen des Meeres sei in der Muschel eingefangen. Hier aber ist nichts eingefangen; man sieht das Brausen über die kahlen gelb-braunen Wiesen; ganz aus erster Hand vernimmt man den Sturm. Im wunderbar warmen geschützten Speisezimmererker nahm ich ihr Bild heraus (Kl. P.), betrachtete es lange. Ich dachte: „Mit dir hier zu sein!" Aber es wird nie, nie, nie, nie sein — — —. Wie schade.

GESANG

In allem hatte sie treffsicheres Urteil.

In allem. Nur sein Gesang gefiel ihr,

obzwar die Töne wie laues Regenwasser seinem geziert ovalen Mund enttropften.

Er sang mit ihr, sie spielte das Klavier, er sang *für sie*!

Und deshalb fand sie seine Stimme lieblich,

obzwar sie selbst das C-moll-Adagio Beethovens unaussprechlich zärtlich spielen konnte,

und für alles *sonst* aristokratisch-feine Ohren hatte.

Und einmal sagte sie zu mir:

„Ist es Ihr Ernst, daß Sie seine Stimme für tonlos halten, oder steckt da etwas dahinter, Lieber?!"

„Es steckt etwas dahinter!" sagte ich, „das Vorurteil des dummen Weibchens!"

SOUPER

Es war ein Nichts — — —.

Immer ist es ein *Nichts*, aus dem zuletzt ein *Etwas* wird!

Törichte Frauen, die ihr mit dem Leben *tändelt*, mit *uns* und mit *euch selbst*!

Er sagte einen dummen Scherz,

so um den Bann zu brechen öder Stimmung.

Da gossest du aus deinem Glase ein wenig Wasser ihm auf sein Gewand — — —.

„Zur Strafe!" sagtest du lächelnd.

Koketter Kerkermeister!

Jede Intimität ist eine *perfide* Brücke zu einer Seele oder zu unedleren Teilen.

Er fühlte sich geehrt durch das Begießen,

und seine Augen sagten gleichsam: „Es kam von dir!"

Es war ein *Nichts* — — —

immer ist es ein *Nichts*, wie Frauen nämlich denken, ein Nichts, das uns tief *unglückselig* macht!

DIE WAGENFAHRT

Alle sagten zu ihm sehr bald „Herr Peter" oder „Peter".
Aber sie sagte nach langer Bekanntschaft „Herr Altenberg".
Er schrieb ihr das. Sie sagte weiter wie bisher: „Herr
Altenberg", obzwar er eine zärtliche Freundschaft für sie
hatte. Eines Tages fuhren sie im Wagen durch seine geliebte
Berggegend. Da erzählte sie von der Krankheit ihres
Kindchens, erzählte, weinte, erzählte, weinte, verstummte.
Er sagte: „Ich liebe hier jeden Strauch, ich kenne jeden
Acker, jeden Wiesenzaun — — —." Beim Abschied sagte sie:
„Adieu, Peter — — —."

WAGENPARTIE

Herr Dr. P. sagte vormittags zu mir: „Darf ich Sie für den Nachmittag zu einer Wagenpartie einladen in Ihren geliebten Ort ‚Mürzzuschlag'?!"

„Bitte sehr," erwiderte ich.

Nachmittags sagte der Hotelportier: „Soll ich Ihren Jagdhund in den Wagen bringen, Herr Doktor?!?"

„Selbstverständlich, wegen dem Hund mach' ich ja überhaupt nur den Ausflug — — —."

Ich hatte bisher gedacht, er mache den Ausflug „wegen dem anderen Hund". Im Wagen sagte ich: „Sie, Ihr fetter Hund nimmt mir zuviel Platz ein," worauf ich demselben mit der vernickelten Spitze meines Bergstockes einen Stich in die Brust gab. Der Herr sagte: „Was tun Sie meinem armen Hunde?! Es ist ein echter englischer Pointer!" Ich erwiderte, daß er zuviel Platz einnehme trotz alledem. Wir kamen an einem braunen Felde vorbei, begrenzt von kahlen grauen Buchenbäumen. Hier grasten fünf herrlich schillernde Fasanhähne. „Willy," sagte der Herr zu seiner Jagdhündin, eine Abkürzung für Wilhelmine, „Willy, da schau hin, Fasane!" Willy schaute überall hin, nur nicht auf die vor ihm grasenden Fasanhähne. Wahrscheinlich sagt man von diesen Viechern nicht „grasen", sondern irgend einen manirierten Jägerausdruck. „Dieser Willy ist ein so feuriger Jagdhund," sagte sein Herr entschuldigend, „daß ihn alles ablenkt. Sehen Sie dort in der Ferne die Krähe?! Die lenkt seine ganze Aufmerksamkeit auf sich, weg von den Fasanen!" Ich dachte: „Er zahlt den Wagen, er zahlt den Wagen, er zahlt den Wagen — —."

Wir fuhren an einsamen Schmiedewerken vorüber, in welchen geschmiedet wurde, an Holzsägewerken, in denen Holz zersägt wurde, an Mühlen, in denen gemühlt, pardon gemahlen wurde. Ich fühlte: „Hier sollte ein *Landerziehungsheim* erstehen für die *moderne reifere Jugend*, Koedukation, wo man in der Natur selbst Anschauungsunterricht genießen könnte während einer Spazierfahrt. Zum Beispiel eine feuchte Wiese mit einem Graben lehrt uns das so wichtige „Drainage-System" spielend leicht kennen. Denn wenn die Feuchtigkeit der Wiese sich in dem Graben ansammelt, so wird die Wiese selbst trocken. Eine Art von Wiesen-pot de chambre."

Ich sagte dem Herrn Doktor, daß er, auch ohne ein echter englischer Pointer zu sein, im Wagen mir viel zu viel Platz einnehme, und ich ein nächstes Mal eine Einladung zu einer Wagenfahrt nur annehmen könne, falls er und sein Hund zuhause blieben. Er sagte, ich hätte reizende Einfälle und ich sei ein großer Künstler und Menschenkenner. Dies bestätigte ich. In Mürzzuschlag angelangt, fragte uns der alte Kutscher, der schon 50 Jahre lang hier fuhr und die Gegend nicht kannte, oder sich in Beantwortung nichtiger Fragen über Bergnamen usw. usw. nicht einlassen wollte, ob er „den Rosserln" eine Jause verabreichen dürfe. Merkwürdigerweise figurierte die Jause dann bei der Verrechnung im „Café Semmering" als Kaffee mit drei Stück Gugelhupf. Abends bei der Rückfahrt war es natürlich finsterer als bei der Hinfahrt nachmittags, was der Landschaft einen „eigenen, neuartigen, undefinierbaren" Reiz verlieh, den zu schildern ich aber modernen Dichtern überlassen muß.

Indem alles im Nebel verschwamm, wurde es zusehends undeutlicher. Wir sprachen nun über das Wesen der „Frauenseele", und ich behauptete, daß mir eine noch so sehr geliebte und verehrte Frau durch die Bezahlung bereits eines Kalbsgullasch mit Reis momentan unsympathisch werde. Er nannte mich infolgedessen „exzentrisch", während ich es mehr auf „Lebenskunst" zurückführen möchte. Beim Anlangen in unserem heiligen Berghotel sagte ich: „Also, es bleibt dabei, morgen einen Wagen ohne Sie und Ihren echten englischen Pointer — — —."

„Nein!" erwiderte er kurz und bündig.

ABSCHIEDSBRIEF DES ENGLISCHEN OFFIZIERS PAUL AUS LONDON:

„Ich kann es mir nicht vorstellen, daß Du, geliebteste Frau, irgendwo anders glücklich werden könntest als in England und bei englischen Freunden. Allein *Dein* Wunsch ist für mich over all! Du bist eine *Engländerin*. Deine Seele, Dein Denken, ja *Dein Glück* ist *englischer Natur*. Du begibst Dich in eine *strange world*. Man wird Dich gut behandeln, and but you will bekome ill and newer knowing from what. Wenn Du also einmal eine Stütze brauchst — — — nun, du weißt ja übrigens alles.

Paul."

WIE IST ES?!

Wie ist es?! Soll man ein besonderes schönes Mädel, in strenger, grauer Härte halten!? „Immer zu früh noch wird man sie verwöhnen", fühlen die Eltern. Siehe, eines Tages strömt plötzlich das Licht herein der Bewunderung, das ihre ungewohnten Augen blendet, schädigt! Wäre sie gewohnt, seit ihrem zehnten Lebensjahr, an dieses Licht des Lebens, ertrüge sie nun das gesteigerte blendende, in edler Fassung und dankbar gerührt! So aber?!

VOM RENDEZVOUS

Sie ging den steilen Wiesenpfad hinab, zum Rendezvous.

Ich sah braune Stauden ihre Röcke streifen. Ich sah ihr nach.

Bald kam Himbeergebüsch, das sie begrub.

Um 1/4-1 sollte ich sie erwarten.

Sie kam zurück, von Küssen ganz bedeckt.

Wie wenn die rechte Hand geheiligt wäre,

reichte sie mir die linke,

die ich an die Lippen hielt,

solang bis Wehmut kam und übertropfte — — —.

EXAMEN

Ich unterwarf sie einer strengen
Prüfung:

Die Hände?!   Vollkommen

Die Augen?!   „

Die Stirne?!   „

Die Schultern?!   „

Die Füße?!   „

Die Zehen?!   „

Die Stimme?!   „

Die Bewegung?!   „

Der Teint?!   „

Die Seele?!   „

Die Intelligenz?!   „

Die Brüste?!   Nicht vorhanden.

Endresultat: Vollkommen!

LES LARMES

Also, nach vielen Jahren, habe ich wieder geweint.

Freilich war es bei dem Liede von Johannes Brahms: „Sapphische Ode".

Aber ich hätte nicht geweint, wenn ich sie nicht kennen gelernt hätte — — —.

Ich wäre entzückt gewesen, gerührt, ergriffen.

Aber geweint hätte ich nicht — — —.

Also weinte ich dennoch *ihretwegen*!

TESTAMENT

Er hatte in sein Testament (der Ertrag seiner neun Bücher nach seinem Tode) die 12jährige Schönheit mit der jauchzenden, klingenden, bezaubernden Stimme eingesetzt. Aber da sie Millionärstöchterlein war, hatte er bestimmt, daß von dem Gelde sogenannte „Geschenke eines Verstorbenen" zu kaufen seien, *außergewöhnliche* Dinge, z. B. eine besondere Bergkristalldruse, oder ein besonderes holzgeschnitztes Christuskreuz. Da erfuhr er, daß man eine Kollekte gemacht hatte im intimen Kreise für einen Winterrock seines Bruders, eines modernen Diogenes. Da stieß er das Testament um, bestimmte nur, daß der Bruder an jedem 9. April, dem Geburtstage seiner kleinen Heiligen, derselben eine exzeptionelle Sache als „Geschenk eines Verstorbenen" zu senden habe! Der Bruder dachte Tag und Nacht über solch ein Geschenk nach. Da schrieb die Heilige: „Ich will Ihnen Ihre Mission erleichtern. Schenken Sie mir nur das Manuskript des „Ein schweres Herz". Er nahm es aus dem Schreine von gelbem Eibenholz, küßte es innig, und schickte es fort. Er fühlte: „Ich bin der Vermittler eines *letzten Willens.* Sie hat mir meine Aufgabe *erleichtert,* indem sie sie erschwert hat! Nur *Opfer belohnen* sich! Ich hatte schon eine herrliche Bergkristalldruse aus den Tauern erstanden, mit Kristallen wie geschliffenes, gefrorenes Bergwasser. Aber das ist nun also für den nächsten 9. April!"

Sie schrieb: „Nun habe ich das Herz Ihres Bruders!"

„Nein", fühlte er, „ich habe es, indem ich es *weggegeben* habe!"

ACONITUM NAPELLUS

In meiner letzten Verzweiflung körperlicher Qualen nahm ich *Aconitum Napellus*. Ich hatte ihn vor acht Wochen blühen gesehen, auf dem Wege von Schluderbach nach Misurinasee, von dort nach „Tre croce", von Kortina auf den Falzaregopaß. Überall hatte ich diese giftige Bergblüte gesehen, oft in Mengen wie kleine Felder. Und eigentümlich haftete mein Auge auf diesen Blüten, als ahnte ich, daß ich sie bald in meinem Zimmerchen als winzige durchscheinende Kügelchen, als letzte Hoffnung sterbender Nerven schlucken würde! Damals erlebte ich sie als Zeichen der Bergflora, neben Rhododendron und Legföhre. Wie romantisch kam mir die Blüte vor in ihrer mysteriösen Giftigkeit. Nun aber schlucke ich zwei Pillen, viertelstündlich. Wird es nützen?! Ich gedenke der herrlichen Tage, da ich die Blüte bewundern durfte, in Höhen, wo es karg ist und der Nachtsturm braust — — —.

MANÖVERS

Die Herren „*Verehrer*", die wie Toreros aussehen oder wie kühne Cowboys oder wie französische Ritter aus dem 18. Jahrhundert, sei es von des Buges ihrer Nase Gnaden oder von Schneiders; die treten selbstsicher-nonchalant auf, sitzen oft mit dem Rücken gegen die Dame und sagen sogar, daß dieser oder jener Spaziergang ihnen *nicht* konveniere und sie es daher *vorzögen*, sich *nicht* anzuschließen und lieber in Ruhe ein gutes Buch zu lesen! Wenn man eine schöne Nase hat, kann man das allerdings wagen. Aber die Mißgewachsenen müssen eine andere Taktik einschlagen. Pakete tragen, Schirme aufheben und zu allem „Amen" sagen, ist ihre kleine, süße Aufgabe. Auch damit kann man nette Erfolge einheimsen, und Opfer sind für „Opferfähige" nicht allzu groß. Im ganzen genommen sind die armen Damen von einer wohlberechneten „Routine" umgarnt, wie die italienischen Singvögel von den feinmaschigen Netzen. Selten schlüpft eines der herzigen Vögelchen durch, durch die engen Maschen, die ihrer Eitelkeit gelegt sind. In dieser Gesellschaft von Eroberern sticht besonders hervor der immerhin seltenere „*Salonplattenbruder*", der „seelische" Messerstecher. Er sticht gleich in die *Ehre*, in den *Ruf*, in das *Glück* hinein, macht sich nichts aus drei Monaten Kerker, wollte sagen, aus Frauenverachtung. Diese „Verachtung" sind seine „Geschäftsspesen". Dafür hat er sie „gehabt"! Einer drang um 1 Uhr nachts in das Zimmer ein: „Ich sage in jedem Falle morgen, Fräulein, daß Sie mich bestellt haben! Also ist es schon ganz egal für Sie!"

Das leuchtete ihr ein — — —.

GIFT

Es gibt ein Gift, das ewig wirkt,
ja sich vertausendfacht in seiner Wirkung
durch unablässiges Erinnern.

Das sind die deplaziert liebenswürdigen Worte der Geliebten zu fremden Männern.

Es ist ja richtig, sie hat sich nichts Besonderes dabei gedacht.

Doch weshalb hat sie nicht an das Besondere gedacht, uns tief zu quälen?!

Ihre gekränkte Miene bei unserm Vorwurf
kann uns nicht eines Besseren belehren,
so daß wir tief zerknirscht von hinnen schleichen.

Ein jeder Apotheker *ist verpflichtet*, das Gift zu kennen, das er uns reicht!

Und so die Frau.

Will sie uns vergiften?!

Vielleicht, für Augenblicke, um uns dann, in ihrer Gnade, Gegenmittel zu verabreichen!

Erinnern ist ein Gift, das ewig wirkt,
und sich vertausendfacht in seiner Wirkung,
durch unablässige Erinnerung!

LUFTVERÄNDERUNG

Es ist merkwürdig, wie sich Familienangehörige in Kurorten begrüßen, die vielleicht kaum acht Tage lang getrennt waren voneinander. Als ob sie von einer *monatelangen* Weltreise gekommen wären! Ein ganz neuer Ton von zärtlicher Freude, von intensivstem Interesse wird angeschlagen. „Findest du unser Püppchen besser aussehend, Papa?" — „Na, ich bin noch nicht so ganz zufrieden, sie ist halt ein ‚Zarterl', was, Minnerl?" — „Kinder, laßt euch in euren Gewohnheiten (von *acht* Tagen) ja nicht stören, ich werde mich allem akkommodieren (alter Jesuit!)."

„Baby will hier das zweite Ei zum Frühstück nicht essen, ich habe ihr gedroht, ich würde es Papa melden (haste wichtige Meldung!), wenn er kommt!" — „Nun, das macht wahrscheinlich die Luftveränderung!" In besserer Luft kann man also kein zweites Ei essen? Auch die Bonne wird netter, rücksichtsvoller behandelt als zu Hause. „Was, Marie, hier ist es schön?" — „Bitt', gnä' Herr, ja — — —." Eine ewige Sorge um Paletots, Jacken, Schals, als ob alle plötzlich tuberkulös geworden wären. „Annie häkelt hier (weshalb plötzlich hier?) schon so nett, sogar ohne Aufforderung (sie scheint also hier zu verblöden!)." — „Schlaft ihr hier nach dem Speisen?" Auf einmal weiß er nicht, ob seine Familienmitglieder schlafen oder nicht. Die Luftveränderung scheint ihm nicht gut zu tun, dem Erhalter und Ernährer.

Man verkehrt miteinander wie Fremde bei einer Jour-Jause. „Angenehme Nachrichten?" fragt man bei der Morgenpost. Der Kassier ist ihm durchgegangen. „Alles in

schönster Ordnung zu Hause, mein Täubchen!" Der Arzt
hat nämlich gesagt: „Zwanzig Bäder kosten zweihundert
Kronen. Aber vor allem keinerlei Aufregung, darauf muß
ich strengstens bestehen!" Nämlich auf den zweihundert
Kronen.

EIN NACHTRAG

Ich habe letztes Mal, wahrscheinlich vor einigen Jahren, etwas geschrieben zur „Psychologie der bürgerlichen Liebe". Es war ein „Torso". Wenn ich nur wüßte, was ein Torso ist. Aber viele einsichtsvolle Menschen sagten es mir direkt ins Gesicht hinein, daß es ein „Torso", wenn auch ein sehr wertvoller, gewesen sei. Nun, infolgedessen muß ich die Nachtragsbemerkung machen, daß „jemanden wirklich zärtlich lieb haben", unmöglich eine *fortdauernde* Sache sein könne, sondern eine durch *Haß-*, *Verachtungs-* und vor allem *Gleichgültigkeits*-Stadien (Stadien ist gut!) unterbrochene, sagen wir, sogar angenehm unterbrochene Angelegenheit der Seele und der übrigen verfügbaren Sinne sein müsse! *Man kann niemanden auf die Dauer gleichmäßig gern haben*! Das sollte in goldenen Lettern auf der Fassade eines Venustempels prangen, in deutlicher Adolf-Loos-Schrift, so wie von Vorzugsschülerinnen in Schreibheften! Die bürgerliche Gesellschaft will etwas äußerlich, à tout prix (das ist französisch!) erzwingen, was es in der Welt aber tatsächlich nicht gibt! Nämlich eine *anständige Stetigkeit und Verläßlichkeit* der *Gefühlswelt*, ja sogar der Sinnenwelt, was eine *noch entsetzlichere Stupidität* ist! Die „Mehrheit" will uns eben *blöde machen*! Strindberg ist tot, Ibsen, Björnson, Tolstoi. Ja, da müssen *wir Flöhe* uns halt aufraffen, und stechen und Blut saugen, wo und wie wir nur es können! Wir können auch *verwunden, ohne* Genies zu sein! Wir haben den *gesunden Menschenverstand*! Das ist auch eine Waffe, wenn auch eine zartere, liebenswürdigere als die Maximkanonen der Genies, die meistens doch nur Idioten waren! Und ich

148

sage euch daher, ihr *Glücklichen*, ihr wart niemals auch nur eine *Stunde lang* wirklich glücklich! *Geschäfte* habt ihr gemacht und *Bilanzen* berechnet! Ihr „*Aktiven*" seid ewig „*passiv*" gewesen!

BUCHBESPRECHUNG

Ich habe mir das Buch schenken lassen vom Verlag J. J. Weber, Leipzig: *„Rosen und Sommerblumen"*. Ich lese es, ich betrachte die 160 Photographien, wie ein Werk von Maeterlinck! Jede Rose erblüht mir, als wandelte ich in einem Märchengarten. Alles wird Wirklichkeit. Ich sehe die Kletterrosen über alle Mauern, Wände, Gitter sich hinaufschwingen, blühend rosigweiße Pracht verbreitend über kahle, harte, notwendige Dinge! Ich sehe das Kletterröschen: „Maidens blush, Mädchens Erröten", ich sehe die Immergrünrose: „Félicité et perpétuité". Ich sehe „soleil d'or", goldgelb mit rosigen Rändern. Ich sehe „Memorialrose", für Grabdenkmäler, „Minnehaha", die mich an Wedekinds herrliches Buch erinnert, das von der Nackterziehung erlesener Geschöpfe handelt, ich sehe die Rose „Katharina Zeimet", mit *Wildrosencharakter*, wie manche scheinbar zarte Frauen, die Rose „Konrad Ferdinand Meyer", die „Beauty of the Prairies", die weiße Rose „Frau Karl Druschki", die Bourbonrose „Souvenir de la Malmaison" (in der Todesstunde getauft der Kaiserin Josefine). Ich sehe Rankrosen in düsterem Hohlweg glühen; Crimson Ramblerrose in riesigen rostrot lasierten ausgebauchten Töpfen, Japan vorzaubernd und seine Gärten; *vergeblich* suche ich eine Rose „Kronprinzessin Cecilie"! Rosenzüchter, *dichtet mir* in der ganzen weiten Welt eine Rose, die dieser *Herrlichsten* wert wäre! „Kronprinzessin Cecilie", du müßtest einen Platz erhalten im Garten, daß man schon von weitem deine deutsche und dennoch *internationale* Pracht verspürte!

AN —

Ich liebe dich — — —.
's ist keine Frage mehr.
Solange ich dich sah und sah und sah, und sah,
wußt' ich es nicht, *konnt'* ich es nicht wissen!
Nun, da ich dich den ganzen Vormittag nicht sah,
   zum *ersten Male,*
und ich auch nicht weiß, ob ich des Abends dich
   wiedersehen werde,
nun ist die Bangigkeit in mir!
Mit wem bist du?! Wer nützt die Pause aus?!
Kommst du vielleicht jetzt eben zur Besinnung, daß
   es noch heißere Leidenschaften gibt
als die meiner Bewunderungsblicke?!
Oh, wärst du hier, ich sänke dir zu Füßen,
du würdest spüren, was ich bisher nicht wußte,
und was doch war, vom ersten Tage an — — —!
Und was du vielleicht wußtest, eh' es war!
Was liegt dir dran, vielleicht freut es dich doch!

NEKROLOG (FRITZ STRAUSS)

Siehe, es sind schon Leute gestorben, denen ich hätte nachtrauern sollen, und ich tat es nicht. Andere wieder sind noch am Leben und ich wünsche ihnen — — — nur nicht gleich fluchen! Aber um einen mir verhältnismäßig ganz Fremden trauere ich jetzt. Erstens sehe ich gar nicht ein, weshalb gerade ein 24jähriger Millionärssohn weggerafft werden soll, der genug Kultur hatte, Geld in *wirkliche* Werte, ohne Pflanz, umzuwandeln. Zweitens besaß er Humor, obzwar er wußte, daß es mit ihm schief gehen könne bei einer zweiten Operation. Er war ein *„Gentleman-Musical-Clown"*, so benannte ich ihn sogleich. Jeden Abend nach dem Souper erfreuten er und Herr H., der es auch „nicht nötig" hatte, das elegante Publikum des Sanatoriums „Wolfsbergkogel" mit ihren unübertrefflichen Knock-about-Einfällen, bei Klavier und Violine. Sie ersetzten eine ganze Varietévorstellung. Die reichen Damen vergaßen ihrer Leiden, was ihnen umso leichter fiel, als sie gar keine hatten; die kranken Herren vergaßen, den kranken Damen den Hof zu machen. Das Lachen war da, das Lachen, in diesen heiligen, ernsten Gesundheitsräumen, und die Langeweile der *Liegekuren*, dieser neuen Art, sich noch mehr auf sein armes Ich zu konzentrieren, war vergessen, gelöscht! Ich bat den jungen Mann, doch ja als „Gentleman-Champion" in großen Varietés, ohne Gage, aufzutreten, und er sagte es mir lächelnd zu. Nun ist er tot. Um den trauere ich. 24 Jahre alt, unabhängig, mit Humor gesegnet, begnadet, gutmütig, bescheiden. Der hätte *bleiben* dürfen! Nur der!

ERSTER SCHNEE

12. September 1912. Es regnete und es schneite zugleich. Der Sonnwendstein war bedeckt mit Schnee. Das war ein Lokalereignis. Jedermann besprach es eifrig. Die herrliche 14jährige, wie eine Venetianerin aus dem 18. Jahrhundert, stellte sich an die Fensterscheibe und sah hinaus. Alles andere ward sogleich dagegen lächerlich und gleichgültig. Für sie war Schnee gefallen auf dem Sonnwendstein, denn sie interessierte sich dafür. Ich hätte ihr zwei Meter hohen Schnee gewünscht, ganze weiße Hügel und Abgründe, damit sie sich besser amüsiere bei dem Anblick! Sie sah hinaus, und ich beneidete die Fensterscheibe um den Hauch ihres unbeschreiblich schön modellierten Mundes. Überall zogen Nebelfetzen dahin, dorthin, zerfetzten, verwischten die Landschaft, ertränkten sie in Grau. Das junge Mädchen begann sich zu langweilen. Es wird ein öder Tag werden in diesem Berg-Hotel. Mir erschien er licht und wertvoll! Sie setzte sich hin, um mit einem Kinde ein Spiel mit gelben, grünen, lila Würfelchen zu spielen. Sie ließ das Kind absichtlich gewinnen. Das Kind sagte: „Mit dir spiele ich nicht mehr, du spielst zu schlecht, immer verlierst du, du Ungeschickte!"

DER MALER

Die kleine 6jährige Tatarenkönigin Sonja D. sagte zu dem Dichter, der sie anbetete: „Mein Bruder Bogdan und ich, wir schlafen immer mit einem geöffneten Jagdmesser, einem Kindergewehre für Schrot und einer Pistole mit echten Kapseln, unter dem Kopfpolster! Aber die Banditen wollen nicht kommen, sich abschlachten zu lassen! Die Feiglinge!" Der Dichter nahm das vergötterte Königinchen in seine zärtlichen Arme — — —.

Der Maler kam. Da sagten die Damen:

„Was finden Sie denn so Besonderes an dieser 6jährigen Sonja Dungyersky, die Sie jetzt malen für 500 Kronen? Sie ist doch viel unliebenswürdiger, eigenwilliger, unsanfter als die meisten anderen reizenden Kindchen hier?"

Der Maler: „Ich male sie von heute an *umsonst*, verstehen Sie mich, *umsonst*! Für mich und für *die Welt*! Also ausnahmsweise diesmal *nicht* umsonst! Ich werde sie malen auf einem niedrigen, schmiedeeisernen, schweren Throne, mit ihren braunen Gazellenbeinen und ihren braungoldenen Locken! Umgeben von gebleichten Tatarenschädeln! Einer muß an einer goldenen Kette herabbaumeln und in einer Ecke muß ein Jüngling den grünen Giftbecher trinken und sie anblicken. Das Ganze heißt: ‚Kleine winzige Tatarenkönigin, Wildkatze, Besiegerin!' Wie aus einer entschwundenen Zeit von Kraft, Trotz, Schönheit, Unbesiegbarkeit stammt sie, und dennoch könnte man über ihre Anmut, über ihre Stimme, ja über ihre zarten Handbewegungen allein schon tagelang weinen und sich momentan hinopfern!"

So sprach der Maler; und die Mütter der wohlerzogenen, folgsamen Kinder erbleichten und schlichen fast krank von dannen!

Am nächsten Tage schrieben sie: „Wollen Sie unser Kindchen für 2000 Kronen malen?"

Und er schrieb zurück: „Nein!"

Aber am dritten Tage schrieb er zurück: „Ja!"

Und er malte die Kindchen und alle Tanten und Kusinen, und die Großeltern waren entzückt!: „Ja, ja, so ist unser Schätzchen, unser liebes, goldiges Geschöpfchen! Die Sanftmut schaut ihr aus den Augen heraus — — —!"

Ja, es waren *sanfte Kälber von dummen Kühen*, richtig porträtiert! Und ein jedes Kälbchen kostete 2000 Kronen, billigst berechnet!

Aber das Tataren—Königinchen Sonja Dungyersky, auf schmiedeeisernem breitem kurzem Throne, hatte er „umsonst" gemalt. Und die Damen sagten: „Il s'est moqué de vous, Madame Dungyersky!" Aber die Großmama stand lange lange vor dem Bilde. Nie sprach sie ein Urteil aus. Aber oft stand sie vor dem Bilde und starrte es an, an, an. Und eines Tages sagte sie: „Pour les étrennes, donnez moi l'image! Ce n'est rien pour vous. Vous êtes trop jeunes et trop vieux! Il faut pouvoir songer tout à la fois dans le passé et dans l'avenir!"

BETRACHTUNGEN

Der Schlitten war leicht wie eine Nußschale, aus braunem Stroh; die Landschaft prangte weiß in weiß, die roten Ebereschen und die bunten Gimpel, die schwarzen Krähen bemalten sie diskret und vornehm, fast nach japanischem Geschmacke. Ich sprach mit der edlen Dame über zarte Dinge des Lebens. Die edlen rehbraunen gedrungenen Pferde gaben die bekannten Verdauungsgeräusche von sich, schienen also nicht nach „Prodromos" sich zu ernähren, sondern viel Unnötiges, Beschwerliches zu sich genommen zu haben, wie Hafer samt den Spelzen, fi donc!

Wir überhörten gleichsam diese Geräusche, und dennoch kam es wie *„allgemeine Unzulänglichkeit"* der Lebewesen über uns, eventuell sogar fanatisch geliebter Damen. Ich liebte einst ein wunderbar schönes 13jähriges Schlossergesellentöchterchen, die mir einst sagte: „Behalten's Ihre Briefe, es steht ja eh immer nur dasselbe drin, ich weiß schon, Sie haben wieder wegen mir die ganze Nacht geweint! Hab' i Ihnen was angetan?! Na also, nur g'scheit sein! Kaufens mir lieber 1/2 Kilo Ringlotten, wann's mich schon so gern haben!" Bei einer solchen Gelegenheit ließ sie dann in der herzlichsten Weise kleine kurze fast piepsende Geräusche hören, infolge des Ringlottengenusses. Ich sagte: „No, no, was sind denn das für Liebeserklärungen?!" Sie erwiderte: „Ah da schau' her, wär's Ihnen lieber, i sollt's in mein Baucherl behalten, daß's mich druckt?! A schöne Lieb' is das!"

UR-SEELE

„Herr Peter", sagte die herrliche 5jährige zu mir, „weshalb beschenken Sie Stella immer?! Stella gehört mir, ich bin eifersüchtig."

„Auf wen?!"

„Auf überhaupt — — —."

„Du solltest dich doch darüber freuen, wenn Stella beschenkt wird?!" sagte ich.

„Ja, ich sollte. Aber ich freue mich eben nicht, sondern ich bin nur eifersüchtig!"

„Würdest du Stella dieselben Geschenke nicht geben, wenn du Geld hättest?!"

„Nein, Stella soll mich von selbst lieb haben. Ich habe sie auch von selbst lieb, sie braucht mir gar nichts zu schenken!"

„Aber Kind", sagte die Großmutter, „du bist sehr herzlos und ungezogen!"

„Aber was braucht der Herr Peter meine Stella zu beschenken?! Meine Stella gehört mir, sie braucht nichts geschenkt, ich habe sie lieb!"

„Du solltest dich freuen, wenn — — —."

„Ich sollte mich freuen, ich sollte mich freuen, aber ich kränke mich!"

Sie weint. Worüber?! Niemand weint umsonst — — —.

FRAGE

Was ist ein Dichter?!
Einer, der *schon* weinen kann,
wenn *noch* die andern trockenen Herzens sind — — —.
Einer, der die sechsjährige Prinzessin Sonja Dungyersky
so zärtlich lieb hat wie die eigene Großmama sie lieb hat!
Einer, der abends im Gebirge den eingefangenen Oleanderschwärmer
auf das einzige Oleanderbäumchen setzt im Garten,
das ihn aus ferner Ebene hierherverlockt hat!
Einer, der die braune Nacktschnecke behutsam
vom Waldweg ins Gebüsch trägt — — —.
Einer, der Rosen schenkt und sie bezahlt mit seinem Nachtmahlgelde — — —.
Einer, der die geliebte Hand berührt und dabei Hochzeitnächte spürt von Seligkeiten!
Einer, der leidet, leidet — — —
und alle sagen: „Was fehlt ihm denn zu seinem Glücke?!"
Einer, der die Schale kauft, aus der sie Kakao getrunken hat.
Einer, der ein „innerer Bombenwerfer" ist,
und dabei doch so sanft, so mild *verständnisvoll* für alles!
Einer, den alle *verlachen*,
und um den sie trauern, wenn er *nicht mehr* ist!

LETZTE UNTERREDUNG

„Peter, was ist Ihnen?! Sie schauen so verzweifelt aus, und vor allem so bleich — — —.“

Er schweigt.

„Peter, ist es wegen des jungen Architekten?!“

Er schweigt.

„Peter, Sie lieben mich seit meinem 12. Lebensjahre. Von Eltern, von Gouvernanten, vernahm ich nur: ‚Du mußt, du sollst!‘

In *Ihren* Augen lag von jeher eine unermeßliche Zärtlichkeit. Das darf ich Ihnen nicht vergessen, Peter. Es war der Lichtblick meiner düsteren Kindheit. Und oft wenn ich dachte: Wozu bist du?! da dachte ich sogleich: Er hat mich lieb! Von Ihrem Blicke lebte ich, das sag' ich Ihnen nun.“

Er senkt das Haupt — — —.

„Peter, ich kann erst ganz glücklich sein, bis Sie mich wieder anschaun, lichten, liebevollen Antlitzes, wie eh und je — — —.“

Da schaute er sie an, an, an, lichten, liebevollsten Antlitzes, wie eh und je, so wie sie es brauchte und verlangte — — —. Ihr, Ihr zuliebe, damit sie wieder schimmere, leuchte, in ihren schlimmen Koketterien!

DIE NIERE

Zu den wahrhaftigsten und mich aufrichtig rührenden Opfern, die ein Mann einem geliebten Weibe bringt, rechne ich es immer, wenn er beim Nierenbraten die Niere *ihr* überläßt, vorausgesetzt natürlich, daß er sie selbst gern ißt. Aber wer äße die Niere nicht gern?! Diese Niere ist überhaupt so ein sicherer Thermometer in Liebessachen. Zum Beispiel: „Otto, weshalb ißt du denn die Niere nicht?!" — „Ich esse sie, und noch dazu am liebsten, deshalb lasse ich sie mir für zuletzt!" — „Ach so," erwidert Hermine enttäuscht. Oder: „Max, du ißt ja die Niere doch nicht!", und hat sie schon in ihr Mündchen gesteckt, während Max nichts im Halse stecken bleibt als das Wörtchen: „O doch!" Oder: „A schöne Lieb', frißt die Niere selber auf, da schau' der an da!" Diejenigen Herren jedoch, die „das Opfer der Niere" bringen, tun es auch meist ziemlich *geschmacklos*, indem sie innerlich sich anstellen, als hätten sie jetzt Anspruch auf Dankbarkeit und Treue ihr ganzes Leben lang! Nein, dem ist *nicht* so. Die Damen nehmen gern die Leckerbissen an, die man ihnen spendet, aber sie haben die richtige Idee, daß solche Selbstlosigkeiten sich durch das Gefühl eines höheren Wertes, das man von sich selbst bekommt, reichlich belohnen! Wozu also die Sache überzahlen?!

KRANKHEIT

Wenn man körperlich sehr, sehr leidend ist, so zerquetscht,

dann wird man erst wie der „*Normalmensch*“!

Man wird reduziert auf das „*allgemeine Maß*“!

Da sieht man erst, wie schrecklich dieses ist! Pfui Teufel!

Man könnte keiner ideal schönen Frau mehr, selbstlos exaltiert, zu Füßen sinken — — —.

Man erwünscht sich eine „Gefährtin“, „Pflegerin“, „Teilnehmerin“.

Für „*Seelen-Luxus*“ ist keine Kraft vorhanden — — —.

Die Wiesen sind schneefrei und sogenannte „Palmkatzerln“, wie graue Seidenflocken, blühen an den noch blätterlosen Weidenbäumen.

Das alles übt keinen Reiz mehr aus.

Man sagt: „No, schon wieder ein Frühling; die 30 Lichtbäder im Sanatorium haben mir einen Schmarrn geholfen.“

Jetzt kommt der Frühling daher, und er geniert mich direkt — — —.

Früher hab ich ihn angedichtet, mit der Kraft meiner unendlichen Seele — — —;

jetzt kann ich nicht einmal mehr „heurige Radieschen“ vertragen.

Was geht mich da der Frühling an?!?

GÜTE

Jeder Mensch, der irgend etwas begeht, und weiß es selbst nicht, daß er es falsch getan hat — — — siehe, an ihm geht es *dennoch* schlimm aus! Er kann sich nicht entschuldigen mit seinem *„guten Willen"*, denn Gott berücksichtigt diesen *nicht*, sondern nur die *„edle Weisheit"* einer jeglichen Betätigung! Der sogenannte „gute Wille" ist eine schmachvolle *feige* Entschuldigung, die in dem „Buche Gottes" in das Minus-Konto eingetragen wird!

„Ich habe es gut gemeint", ist ein Zeugnis für „Selbstverurteilung". *Meine es schlecht*, mein Lieber, aber *denke* das *Richtige!*

„Güte ist Stupidität; es gibt nur eine einzige wahrhaftige Güte: *Weisheit!* Rate mir nicht, helfe mir nicht aus *Güte*; da kann ich leicht *dein Opfer* werden. Rate, hilf mir aus eiskalter kristallklarer, unerbittlicher, adeliger *Weisheit!*

Alle Menschen, die angeblich „zusammengehören", machen es sich gegenseitig leicht, indem sie „gut" sind. „Weise sein", in bezug auf einen geliebten Menschen, das fällt ihnen zu schwer, das können, ja, das *wollen sie nicht*. Da könnten sie „in Konflikte kommen", „mißverstanden" werden; aber die dumme alberne leichtfaßliche Güte, die versteht ein jeder, erkennt sogar ein jeder Gleichgültige an. *Güte* ist ein feiges *Seelenmanöver*, um *Idioten zu bluffen!* Die Idylle des Familienlebens, das Ehelebens, des Lebens zwischen Geliebten, besteht zu 70 Prozent daraus.

„Bin ich nicht gut zu dir, du Undankbarer?!?" ist die Phrase der „geschickten Kühe", die damit die „ungeschickten Ochsen" an sich fesseln! Mögen es auch noch so sehr in

anderer Beziehung „Stiere“ sein — — —.

ANNONCE

Ich lese im „N. W. T." eine Annonce, die mit dick gesperrten Lettern beginnt: *„Bei Behandlung von Herzkrankheiten — — — — —"*, und dann folgt die Anpreisung des berühmten *„Franz Josef-Bitterwasser"*, vor dem Frühstück (1/8 Liter) in *kleinen Schlucken, ganz langsam, absatzweise,* zu trinken! Nun meinen natürlich alle Leser, daß diese zu Anfang gesperrt gedruckten 4 Worte nur dazu dienen, den Leser „einzufangen" und zu „verlocken". Jawohl — — — nämlich zu seinem eigenen Heile! Denn die *vitale Nervenkraft des Herzens* hängt von der minütiösen Sorgfalt, die man dem gesamten Verdauungsapparate angedeihen läßt, ab! Überhaupt, die Verachtung der „Annonce" in einem großen Tageblatte, bloß weil der Fabrikant dabei verdienen will, ist kindisch! Man nehme nur diese täglichen Annoncen:

Menthol-Franzbranntwein,
Salz-Cakes,
Sanatogen,
Biocithin,
Vegetabilische Nährsalze,
Eau de Cologne 4711,
Chocolat Suchard,
Califig,
Pears soap.

Ewiges Mißtrauen ist schädlicher als ewige Gläubigkeit. Es muß erst ein Arzt in schwarzem Gehrock und funkelnder Brille dir ernst und gemessen sagen: „Nun, versuchen wir es einmal mit Sanatogen und Tamarinde," damit du, Ochs, Vertrauen schöpfest zu Dingen, die dir doch täglich morgens mit lauter Druckerschwärze gepredigt werden! Nur der, der *nicht* annonciert, kann mir nicht nützen, denn ich weiß von ihm nichts!

PLAUDEREI

Es kommt der Augenblick träge herangeschlichen, da man nichts mehr wird schreiben können. Man hatte doch etwas zu sagen, was dem anderen nützte. Und wäre es nur: „Schlafet bei weit geöffneten Fenstern!" Man hatte unbedingt eine Mission, eine winzige, eine nichtige Mission, aber eine Mission! Das hält einen in Zusammenhang mit allen Menschen, die man nicht kennt. Den Bekannten gegenüber hat man ja keine Mission. Für die ist man ein Narr oder ein Schwindler. Manche sagen sogar: „Nein, diese Ehre tun wir ihm ja doch nicht an!" Wofür also halten sie uns?! Ich könnte meine Sachen widerrufen, aber Tausende würden sie als Wahrheiten in sich aufnehmen. Ich könnte es verkünden: „Nein, die Frauenseele ist doch nicht so, *wie ich sie sehe*!" Aber Tausende würden jammern: „O, bitte, wir sind *doch* so!" Mein Talent war klein, aber mein Fühlen war groß. Die meisten haben kein Talent und kein Gefühl, nämlich für allgemeine Dinge, obzwar sie im besonderen, in ihrem trauten Nestchen, beträchtliche Gefühle aufbringen, die irgend jemandem mit Vor- und Zunamen recht sehr zugute kommen. Jemand schwärmte mir immer und immer von seinem Garten vor, schilderte ihn mit wirklicher Liebe und Begeisterung. „Ja," sagte ich, „aber auf der Strecke so und so der Bahn so und so habe ich einen noch viel schöneren Garten geseh'n." — „Und was haben S' davon?!" — „Nichts", erwiderte ich. Es gibt Menschen, die schöne Gärten lieben, und es gibt solche, die *ihre* schönen Gärten lieben! Das ist der ganze Unterschied. Na, und was haben s' davon?! Nichts!

RICHTIG

Ich verkehrte mit einer sehr intelligenten, gebildeten Dame, die viel mit Aristokraten beisammen war. Da sagte mir eine andere Dame, mit der die Aristokraten *nicht* verkehrten: „Peter, wenn Sie nicht der *Peter* wären, würde die Dame auch *Sie* nicht so oft in ihrer wunderbaren Equipage abholen!" Ich erzählte das meiner Freundin. Sie erwiderte: „Sicherlich; weshalb sollte ich nicht lieber mit einem feinfühligen Dichter als mit einem Kommis beisammen sein wollen? Der Kommis kann gewiß ebenso intelligent und wertvoll sein, aber ich lerne ihn nur kennen als den, der mir Seide anpreist. Den Dichter kenne ich im voraus aus seinen Werken. Beide könnten mich im Nahverkehre *gleichmäßig* enttäuschen. Aber von dem einen habe ich dann wenigstens seine *Werte* noch in meinem Bücherschranke und kann bei der Lektüre vergessen, daß er ein gemeiner Kerl ist!"

REMINISZENZEN

Eine angenehme Abwechslung während des Lernens war das Anzünden der Öllampe am Winternachmittage. Draußen sah man undeutlich graue Häuser wie fremde Welten. Da kam das Stubenmädchen und zündete die Öllampe an. Vorsichtig nahm sie die Milchglaskugel ab, den glänzenden Zylinder aus Glas. Sie drehte den bereits vormittags richtig abgeschnittenen Docht hoch mit der Messingschraube, legte zwei fadendünne harz-imprägnierte Hölzchen (eine ganz neue Erfindung der Technik) im Kreuz über den gelben Docht und zündete jene an den Enden an. Oft brannte der Docht, oft brannte er nicht. Endlich brannte er. Da stülpte das Stubenmädchen vorsichtig den Glaszylinder auf und dann die Milchglaskugel. Nun wurde noch ein wenig an der Messingschraube, auf welcher der Name „Ditmar" und zwei Merkurflügel waren, hin und her gedreht, damit die Lampe nicht rauche. Endlich brannte sie mit einem dottergelben matten Schein. Da saß man denn, und schrieb die Einleitung zu dem Aufsatze: „Charakter des Wallenstein": „Wenn wir die großen Helden vergangener Zeiten an unserem geistigen Auge vorüberziehen lassen — — —"

„Sie, Marie, der Docht raucht auf der linken Seite — — —"

„Aber junger Herr, das ist eine Sekkatur. Ich habe ihn heute vormittags ganz gerade abgeschnitten."

Charakter des Wallenstein: „Auf der Höhe seiner Macht angelangt, überfiel ihn wie die meisten Sterblichen die Sehnsucht nach noch Höherem, Unerreichbarem — — —"

Die Lampe brannte mit dottergelbem, mattem Schein, und richtig, links rauchte sie ein wenig und schwärzte sogar den Glaszylinder an.

WERTE

Ich finde, daß die Dichter so „ästhetisch-sentimentale"
und übertrieben eingebildete, und von ihrer sogenannten
Aufgabe, rekte „idée fixe", besessene „Erzieher der
Menschheit" sind, die doch bis heute durch sie nicht um ein
Stückchen *vorwärtsgekommen*, das heißt, *von irgendeinem Leid
befreit* worden ist! Die wirklichen großen Wohltaten jedoch
übersieht man, hält sie für nichts und ist vor allem nicht
dankbar. Als mein geliebter Vater 69 Jahre alt geworden war,
gaben ihn sämtliche Professoren infolge von unheilbaren
Alterserscheinungen für verloren, und meine Mama, die seit
zehn Jahren tot ist, weinte sich die Augen aus. Da sandte
ich meinem Vater zwei Schachteln „Tamar Indien Grillon",
mit der Aufforderung, *jeden Morgen* vor dem Frühstück
unbedingt eine Pastille zu nehmen.

Seitdem ist er ein *Jüngling* geworden, ist 83 Jahre alt, hat
nicht eine einzige Beschwerde des Alters. Verdauung
jünglingshaft, ewiger Appetit, rosige Laune, Schlaf zehn
Stunden ohne Unterbrechung. Er fühlt nicht, daß er alt ist.
Sein einziger Kummer ist, daß er nicht mittags und abends,
aus ökonomischen Gründen, besondere Leckerbissen haben
kann, wie Rebhühner, Rehrücken kalt, kalte Poularden,
Straßburger Gänseleberpastete, Kaviar, Krebse usw. usw. Er
liest von morgens bis abends französische Romane (deutsche
versteht er nicht, sie sind ihm zu „vertrackt"), ohne
Augenglas, geht *nie* aus seinem Zimmer, und bedarf *absolut
keiner Bewegung*. Schmerzen, Melancholie, Schwächegefühle
und Langeweile kennt er nicht. Jetzt schrieb er mir kurz:
„Du, ich nehme noch immer pünktlich Dein berühmtes

„Tamar". Es ist besser als Deine Dichtungen; die sind für mich ganz unverdaulich. Du hättest doch vielleicht Mediziner werden sollen!"

SCHLAFMITTEL

Paraldehyd,
Dir gilt mein Lied!
Der Tag ist lang,
mir ist so bang
vor'm *nächsten*!
Paraldehyd,
Dir gilt mein Lied!
Ich glaubte stets,
mein letztes Lied
sollt' einem Frauennamen gelten — — —
versunken sind nun diese Welten!
Mit *Medinal*
hätt' ich die Wahl — — —
indessen
Paraldehyd bringt *tieferes* Glück — — —
ein längeres *Vergessen*!

FAHRT

Ich bin nicht gereist, ich weiß bis heute es nicht, wie ein Schlafwagen ausschaut, verstehe nichts davon, daß man nachts in seinem Bett, auf einem Kopfpolster, unter einer Decke und mit anderen nützlichen und bequemen Utensilien, durch die Welt getragen wird und morgens, ganz ausgeruht, irgendwo sich befindet, wo man, mit Respekt zu melden, noch niemals auch nur annähernd gewesen ist. Nun brachte man mich an einem frischen Julimorgen, per Automobil, 70 Kilometer die Stunde, nach *Wiener-Neustadt*. Alle Wiesen begossen uns fortwährend mit ihren Parfüms. Wind und Duft, das allein spürte man. Lioschka sagte nur einmal: „Wenn etwas geschieht, gehen die Splitter der Autobrille vorerst in die Augen und zerreißen sie!" Dann nahm sie langsam die Autobrille ab. Dann sagte sie: „Ihre geliebten weißen Kartoffelblütenfelder! Früher habe ich mich nicht getraut, sie schön zu finden! Es hätte sich auch nicht für mich geschickt!" Dann sagte sie: „Haben Sie auch den roten Mohn in den Wiesen gern, obzwar es ein Unkraut ist und schädlich für die armen Kühe?!"

Ich berührte leise ihre Hand in den hellbraunen Rehlederhandschuhen. In Wiener-Neustadt setzte man mich ab. Gerade fiel einer von einem Gerüste, brach sich das Genick. Ich kaufte mir Bergblumenansichtskarten und fünffarbige Hülsen für Bleistifte. Ich ließ mir ein Zimmer aufsperren im Hotel neben dem Bahnhof, um zu schlafen. Alle Bediensteten waren wie besorgte Kindermädchen, obzwar ich nicht nach „reichlichem Trinkgeld" aussah. Aber der Schein trügt. Das ist vielleicht die letzte Philosophie dieser dienenden Menschen.

Er ist vielleicht doch ein reicher Narr! Das letztere stimmte. Man brachte mir alles, das heißt zehn Flaschen Pilsner Bier. Das *ist* doch alles! Ja und einen Roßhaarpolster. Wenn ich nur wüßte, weshalb man noch nicht auf polierten Granitsteinen schläft?! Diese Eiderdaunen aus zusammengedrückter Watte sind doch nur für die „Prinzessinnen in den Kindermärchen"! Wir Erwachsenen wollen hart schlafen, wie die Kaiser in ihren einfachen Feldbetten im Kriege. Amen.

Ich erwachte und fuhr sogleich auf den Semmering zurück. Aus dem Dunst ins Gebirge. In *Pottschach* stieg eine ein, in einem braungrün schillernden seidenen Bauernkostüme. Die hatte ein Gesicht wie eine 14jährige Eleonora Duse. Aber in Payerbach stieg sie wieder aus. Sie sah meinen Blick nicht voll Trauer und Verzweiflung. Besser für sie und mich. Vielleicht hätte sie gedacht: „Alter Hund!" Die Lokomotive „pustete", wie man zu sagen pflegt, in die Bergweltkurven hinauf. Man glaubt immer, daß sie es nicht überwältigen wird. Aber das ist ein laienhafter Irrtum. Sie ist dazu geschaffen, konstruiert und ausprobiert. Gerade so ist es wie mit der „unglücklichen Liebe". Unser Herz ist dazu konstruiert. Manchmal zerbricht es. Das sind „unvorhergesehene Fälle", die auch der genialste Maschinentechniker nicht vorausberechnen kann. Die Luft wurde immer frischer, und ich gedachte des genialen Erbauers dieser Bahn, Ritter von Ghega, der sie in die Felsen mit Gewalt hineinbohrte, damit der Naturfreund alles genieße, Abgründe, Urwälder, Ausblicke, kurz die Dekoration der Bergeswelten! Auf dem Semmering dachte ich: „In Pottschach ist eine eingestiegen, in einem braungrün schillernden seidenen Bauernkostüme. Weshalb hat sie meinen Blick nicht gesehen von namenloser Begeisterung?! Vielleicht hätte er sie geschützt vor dem

Herrn so und so, dem sie jetzt unbefangen die Hand reichen wird zum „ewigen Bunde"?! Unsere Blicke sind nicht da, um zu „zünden", sondern um zu „schützen", vor Blicken, die „seelisch stargrau" sind! Wir sind nicht da, um zu „erobern", sondern um zu „schützen"! Ein jeder hat *seine* Aufgabe im Leben! Er erfülle sie!

LIED

Die 15jährige Anna war sein Ideal. Strohgelbe leuchtende Weizenwogen ihre Haare!

Franziska hieß die jüngere Schwester.

Annas Lachen war wie tausend jubilierende Herzen — — —.

Franziska hieß die jüngere Schwester.

Immer war Anna vorhanden, in seiner Seele, *noch* mehr, wenn sie *abwesend* war — — —.

Franziska hieß die jüngere Schwester.

Anna bekam den „Scharlach". Er wurde *bleich*.

Franziska bekam auch den Scharlach.

Anna genas — — —.

Doch er blieb bleich.

ABSCHIED

Nun bist du fort — — —.

Nun *wirst*, nun *kannst* du mich nicht mehr *quälen*.

Ich sehe deinen Blick nicht mehr, der ins Leere starrt,

das heißt, auf *alle* Männer, die *sich gerade finden*!

Ich sehe nicht mehr, daß du frech „schachern" willst,

mit dem immerhin geringen Kapitale, das dir mitgegeben!

Und daß du „Wucherzinsen" begehrst für einen annehmbaren Leib!

Ich bin *erlöst*, weil ich dich nicht mehr *sehe*.

Was du *mir* bist, kannst du *niemandem* sein!

Das aber kannst du erst verstehen,

bis du *allen, allen nichts mehr* sein wirst!

's ist eine Frage nur der Zeit, der Monate, der Stunden — — —.

Und ich kann warten.

Ich habe die *Tränenkraft*, zu warten.

Und wenn du *weinend* zu mir flüchten wirst,

werde ich, trocknen Auges, deine zerstörte Seele schützen, schirmen!

Denn irgend etwas bleibt stets unzerstört — — —.

GESPRÄCH MIT EINER BARONIN, EXZELLENZ-FRAU, ÜBER IHREN HERRLICHEN ZWÖLFJÄHRIGEN SOHN

„Je crains déjà maintenant nuit et jour les femmes qui viendront *plus tard* — — —!"

„Eh, madame, craignez donc les hommes qui viendront *plutôt*!"

ENTZWEIT

Oft sagte ich ihr, was mir an ihr nicht recht war
— — —

ganz verzweifelt starrte sie mich mit bösem Blicke an.

Ein Abgrund öffnete sich, meine Liebe und ihre Freundschaft aufzunehmen.

Dunkel ward's und kalt.

Hilflos ist die Frau in solchen Augenblicken, glaubt stets sich etwas zu vergeben, falls sie milde wird, ergeben,

fällt der bangen Stunde hilflos stumm anheim.

Ich sagte: „Hörst du die Holzfäller, den Schwarzspecht, riechst du der feuchten Wurzelstämme braunen Moder, siehst du die Bläue des letzten Enzians, fühlst du meinen Schmerz?"

Sie sagte: „Mit solchen Reden wollen Sie mich versöhnen?!"

„Mit solchen Reden nicht, doch überhaupt. Und irgendetwas muß gesprochen werden, sei's dies, sei's jenes. Vielleicht findet sich ein Wort — — —. Es *muß* ein Wort einfach *gefunden* werden, das sich wie eine Notbrücke von meiner Seele zu der deinen spannt!"

Und sie: „Siehst du, du bereust — — —."

„Ja, ich *bereue, daß meine Liebe* größer als meine Sehnsucht, dich zu *bessern,* ist!"

GESPRÄCH MIT DER SECHSJÄHRIGEN SONJA DUNGYERSKY

„Das ist ein Pastellstift zum Malen. Oh, ich weiß alles, sehen Sie!?"

„Alles, alles weißt du, angebetetes Kindchen, aber wie sehr ich dich lieb habe, das, das weißt du doch nicht — — —!"

„Und gerade das weiß ich. Sie haben mich sogar lieber als meine Großmama mich lieb hat — — —."

GLEICH BEIM HOTEL

Gleich beim Hotel, links von der weißen Straße
ist eine abschüssige Wiese, die niemand betritt.
Im Urzustande ist das vielfarbige Fleckchen.
Auf roten Disteln wiegte sich der Distelfink,
und graue Brennesseln bargen gelbe Schnecken.
Es war ein Gewirr von braun und grau und weiß,
mannshoch und dicht. Im Mondlicht lag es düster.
Hier erschaute ich der holden Jahreszeiten holden
Wechsel.
Oberhalb wurde gebaut mit hunderttausend weißen
Betonwürfeln,
und unten war das Bahngeleise nach Triest.
Hier aber, auf dem abschüssigen unzugänglichen
Wiesenfleckchen, gab ein Monat dem anderen die Tür.
Ein jeder kam in *seinem* Prachtgewande.
Und jeden grüßte ich dankbaren Blicks.
Es war mein Kalender. Ich erkannte jeden Monat, jede
Woche, ja jeden Tag an den Veränderungen.
Als alles blühen *wollte*, sah ich es voraus;
ich sah voraus, als alles sterben *mußte*!
Wer wird dich nun betrachten, da ich fort bin?!
Es *ist*, und ist dennoch *nicht mehr* — — —.
L'âme, c'est la nature, devenue *consciente* de soi-même!
Et puis: La nature *n'existe* que lorsqu'on l'aime!

GESPRÄCH MIT EINER WUNDERSCHÖNEN DAME VON 30 JAHREN

„Nach kaum 14 Tagen wollen Sie schon wieder vom heiligen Semmering abreisen, Sie mit Ihren empfindlichen Nerven?"

„Ja, ich spüre es, daß der Semmering mir nicht hilft — — —."

„Ein berühmter Homöopath hat gesagt: „O, Mensch, die Heilprozesse deiner Krankheit dauern *immer gerade so lange*, als du Zeit gebraucht hast, sie *durch deine Sünden zu akquirieren* — — —!"

„Mein lieber Herr Altenberg, 16 Jahre lang kann ich nicht auf dem Semmering bleiben!"

PLAUDEREI

Ausspruch eines fünfjährigen Mäderls:

„Wenn man alleweil brav ist, wissen die Leut' dann gar nicht mehr, ob man noch auf der Welt ist!"

Die Eltern tragen mir ununterbrochen Anekdoten über ihre vergötterten Kindchen zu. Sie sind tief überzeugt davon, daß es gerade mich interessiere! Ich interessiere mich auch wirklich *dafür*, daß sie alle *so tief überzeugt davon sind*, daß ich mich dafür *interessiere*! Denn diesen schönen Schein zu erwecken, heißt eben ein Dichter sein! Und als das möchte man doch gerne gelten, wenn man schon weder Beruf noch Geld hat, nicht?!?

„Mein Knabe sagte mir gestern", „mein Mäderl sagte mir vorgestern", höre ich alle Tage zehnmal. Ob eines dieser kleinen Mistviecherl einmal zu der reichen Mama den genialen Ausspruch täte: „Mama, wenn du mich wirklich lieb hast, dann gibst du diesem entzückenden alten kranken Dichter eine Monatsrate von fünfzig Kronen — — —!"

Ausspruch eines sechsjährigen Mäderls beim Abschied vom Semmering: „Ach, wie werde ich *fürder* ohne meinen geliebten Pinkenkogel und Sonnwendstein existieren können?!"

Ich hätte gerne geantwortet: „Sehr gut wirst du *fürder* existieren können, indem ich dir *fürder* für jeden affektierten, verlogenen, manierierten Ausspruch deinen Hintern aushauen werde — — —!"

GEGEN

Es ist eine der *infamsten Lügen* der „Modernen", daß es „ewigen Fortschritt" gäbe! Wenn *ich* das schon sage, will es etwas heißen! Die Kremoneser Geigen, die Amati, Guarneri, sind *nicht* zu übertreffen, ja nicht einmal ihr „Spiegel-Lack" und ihre „Schnecke". Der Seiltänzer Blondin, der vor 40 Jahren über den Niagara tanzte und mitten über dem Katarakte auf einem zusammenlegbaren Sparherde sich eine Eierspeise kochte und aß, auf einem Klappsessel sitzend, ist *nicht* zu übertreffen. Ebenso *nicht* die Koloratur der Adelina Patti, die Lackarbeiten, Seidenstickereien der Japaner und Goethes Gedichte. Aber diese Herren, nomina sunt bekannt, wollen in Malerei, Musik und Dichtkunst „ewige Fortschritte" uns einreden? Und gerade ausgerechnet sie? Bei dem nicht zu übertreffenden „Vollkommenen" demütig haltmachen können, ist *Fort*schritt! Nach Mozart hat man *keine Quartette mehr zu schreiben*!

ROMPE!

Bevor nicht jeder deiner einstigen Kavaliere von dir
sagt:

> „Was ist an ihr? Sie ist gewöhnlich, dumm und
> ohne Anmut, ohne Reiz",
> glaub' ich dir deine absolute innere Treue *nicht*!

> Zu deinen *Feinden* mußt du sie erst machen *wollen*,
> um mir zu zeigen, daß du *mir* gehörst!
> Solange sie *siegreich Besiegte* sind,
> die Waffe senkend schwärmerischen Blickes,
> bin ich *besiegter Sieger*!
> Treibe sie zum Hasse, zur Verachtung!
> *Dann* erst — — — liebst du mich!
> Und so geschah's.

Nur einer von den Rittern sagte zu mir, nach langem
Schweigen, eines Abends:

> „Und wissen Sie, was ihre größte Tugend ist? Daß sie
> Sie liebgewonnen hat, und uns den Laufpaß gab!"

Ich sagt' ihr das.

Und sie erwiderte: „Der Arme, Gute. Ich hab'
ihn vorgemerkt. Nach Ihnen kommt er dran!"

WASCHUNGEN

„Ich wasche mich täglich unmittelbar nach dem Aufstehen vom Kopfe bis zu den Zehen, zuerst lau und dann kalt," sagte das wertvolle moderne Mädchen zu mir.

„Sehr gut," erwiderte ich, „aber ich glaube nicht, daß Jeanne d'Arc dazu immer Zeit hatte, als sie in die Schlacht mußte, um Frankreich zu erretten!"

Als ich sehr krank lag, nahm es mich immer „Wunder", daß meine Geliebte, nach einer durchwachten und durchsorgten Nacht, noch immer die Energie fand, sich morgens vom Kopf bis zu den Zehen einzuseifen und abzuspülen.

Sie sagte zwar: „Das tue ich, um mich *für dich* frisch zu erhalten!"

Aber, siehe, ich glaubte ihr das nicht.

Es war das „gottlose Weibchen" in ihr, das trotz allem und *unter allen Umständen*, sich appetitlich erhalten wollte! Für wen?! Nun — — — *für alle*!

RESPEKT

Er war immer, immer gerührt, ergriffen durch ihre „Persönlichkeit", die auch die lange Krankheit nicht in ihr vernichten konnte. Er hatte immer die Idee, sie würde mit dem letzten Atemzuge noch einen überaus herzigen und aparten Clowntrick machen, und z. B. sagen: „O, Peter, ich werde also, wenn ich hinkomme morgen, den Petrus bitten, er soll, wenn du ankommst, dir deine vielen Sünden verzeihen, schon weil du sein Namensvetter bist!"

Infolgedessen konnte er sich nicht enthalten, sie im Gespräche hie und da zärtlichst bei der Hand, am Arme, am Haupte, anzurühren. Wie ein süßes Kindchen.

Da sagte sie eines Tages: „Frau Lilly rührst du *nie* an, obzwar du sie *auch* sehr gern hast! Du hast aber mehr *Respekt* vor ihr! Siehst du?"

Seitdem habe ich die süße kindliche Frau nie mehr angerührt.

Einmal sagte sie zu mir: „Hast du mich also nicht mehr so gern wie früher, Peter?"

„O ja, aber ich habe Respekt vor dir bekommen!"

„Du dummer Mensch!" sagte sie und lächelte —

FALZAREGO-PASS-HÖHE

2250 Meter. Also zum erstenmal seit meiner jauchzenden Kindheit wieder auf steinbesäter Bergalm mit dunklen Latschenkiefern, weißem Speik und Geruch von Ziegen.

Irgendein Wässerlein tropfte, sickerte von ausgelaugten Felsenplatten. Meine Hand berührte zärtlich die polierten Nadeln des Zirbelholzes. Ich lauschte dem Rauschen im Legföhrenwalde. Das Knieholz schwankt nicht im Bergföhnstöhnen. Die Stämme sind wie Kautschuk. Der schwarze Weg ist feucht und klebrig.

Ich gedachte des „Ochsenbodens" auf dem Schneeberg, Märchen meiner Kindheit. Wie liebte ich diese fahlen blumenlosen Matten mit Geruch von weidenden Tieren!

Wie wenn der Kreis sich schlösse meines Daseins. Auf Bergmatten begann es mit unbewußtem Jauchzen, auf Bergmatten endet es mit ernster Wehmut. Falzarego!

ENTERBTE DES SCHICKSALS

Sie hatte eine kleine reizende Blumenhandlung im Berghotel. Das heißt, sie hatte sie nicht, sondern sie war nur Verkäuferin. Die Besitzer waren in Wien, reiche Leute.

Sie liebte die Blumen, die man ihr von den ungangbaren Felsgraten brachte, sie liebte die Blumen, die man ihr aus Ziergärten schickte in Watte und Holzbaumwolle. Alles, alles mußte sie aber doch verkaufen. Ihre besten Kunden waren die „Hotel-Don Juans" und die „Neuvermählten". Und sogenannte notwendige Abschiedsbuketts, von denen man dachte: „Ich will *nicht*, aber ich *muß*!" Diese verkaufte sie am liebsten, schlug, so weit es ging, mit dem Preise auf, unerbittlich. *Abschied ohne Abschiedstränen* muß teuer bezahlt werden! Einmal kam ein Dichter, bestellte für die sechsjährige Sonja Dungyersky einen Strauß von hellrosigen „Rosa Crimson Rambler". Diesen ließ sie sich nicht bezahlen. „Weshalb denn nicht?!" fragte der Dichter. „Wir wollen doch auch um Gottes willen einmal eine Freude haben! Etwas miterleben!" erwiderte die Verkäuferin.

FRÜHLING

Also jetzt weiß ich alles — — — zuerst kommen die Kätzchen der Haselstaude, dann kommt primula acaulis, dann gentiana brachyphylla, dann kommt ein grüner Schimmer über die Birken, dann kommt Leontodon taraxacum, dann kommt ein weißer Schimmer über die Birnbäume, dann erwachen die Kastanienbäume, und zuletzt die Lärchen. Jetzt weiß ich alles, so *wird* es! Hotels werden gebaut aus weißen Betonziegeln, und man projektiert ein Tontaubenschießen. Gleichsam ein lebendiger Protest gegen das Massakrieren von lebenden Tauben. Freilich der Turmfalke, der Sperber, der Wanderfalke, die Eule?!? Aber die tun es aus Instinkt, den wir Gott sei Dank verloren haben. So viele Leute jedoch ersehnen sich ihn wieder. Sie haben aber leider noch genug davon!

ERLEBNIS

Ich kaufte mir für eine Krone eine Porzellankaffeeschale mit gemalter Ansicht: „Semmering, Hotel Panhans", steckte eine große Rolle Papier hinein, auf dem geschrieben stand: „*Das* sind die „Andenken", die die reichen Damen ihren unglücklichen Dienstboten vom Semmering mitzubringen pflegen!"

Und das Dienstmädchen sagt gerührt: „Aber gnä' Frau, nein so was — — —!"

Aber sie meint: „Nein, so was Billiges, Scheußliches!"

Kaum hatte ich die Sache auf meinem Tische aufgestellt, besuchte mich ein reicher Gutsbesitzer. „Großartig," sagte er, „wir fahren heute weg. Meine Frau hat drei solcher Kaffeeschalen für unsere Dienstboten gekauft! Und ich sag' Ihnen doch, mein lieber Altenberg, solche Leut' freut das am meisten!" „Ja, Schnecken!" wollte ich sagen, aber ich sagte: „Selbstverständlich, sicherlich." Dann sagte er: „Zeigen Sie's jedesfalls meiner Frau, vielleicht gift' sie sich."

DIE TÄNZERIN

Ja, gut, ich war von meinem achten Jahre an bis zu meinem siebzehnten eine englische Tänzerin in Varietés.

Aber ich darf es nur denen sagen, die es als meine Ehre betrachten, daß ich schön tanzte und mir mein Geld verdiente und meiner Mutter davon gab, nämlich Geschenke. Sonst nahm sie nichts.

Aber den Damen darf man es nicht sagen,
die kalt und bös im dummen Leben stehn!
Sie wissen nichts von unserer hohen Ehre,
daß wir der Kunst *gedient* und dennoch stets
Herrinnen geblieben sind über uns selbst!
Sie glauben, man müsse im Kampfe unterliegen,
denn siehe, sie unterlägen im ersten *Vorpostengefecht*!

MEINE EHRUNGEN

Die Frau eines berühmten Operettenkomponisten sagte zu mir: „Herr Altenberg, Sie wissen doch alles von den wichtigen Sachen im Leben, ich bitte, soll man Rhabarber in einem Garten anpflanzen?"

„Nein, unter keiner Bedingung! Rhabarber verbraucht alle Bodenkraft ringsumher, er ist, gleich dem Rasen, der Egoist in der Pflanzenwelt!"

Die Frau eines berühmten Schriftstellers sagte zu mir: „Ich bitte sehr, soll man den Reis schon die Nacht vorher einweichen in einem Wasserwandel?"

„Jedenfalls! Reis bedarf der Vorbereitung, wie jede zarte Sache!"

Eine dritte Dame sagte: „Alles was in Ihren Büchern ist, ist *längst vorher* in unseren Herzen! Aber wir sind *feig*, behalten es bei uns. Es ist gut, daß jemand den Mut habe! Und dann: Uns glaubt man nicht. Den Dichtern zwar auch nicht. Man sagt: *Ein Dichter*! Uns aber sagt man: Gans!"

KLARA

Es gibt Mädchen, deren *ewige Verehrer* wir bereits sind durch die Art wie sie ihre Haare zurückstreichen an den Schläfen. Eine unermeßliche Anmut ist es, eine kindlich-lässige, *nichts* bedeutend und für uns ein *Schicksal*!

Hätte ich nicht gesehen, wie sie ihre Haare zurückstreicht — — — aber ich *habe* es gesehn und bin *verloren*!

Von nun an für sie beten und weinen — — —.

Wie hob sie die Arme, wie hielt sie die Schultern, wie waren ihre Hände, ihre Finger, wie stand sie da, und wie besiegte sie alle Nixenreigen im Mondlichte am Waldsee der Märchen?!

Sie strich die aschblonden Haare zurecht, eine Bewegung, die so natürlich, selbstverständlich ist wie Atmen, Gehen, Sprechen. Ich aber beugte mein Knie vor Gottes *Weltenanmut*, die er mich Armseligen in seiner unerschöpflichen Gnade, an einem Julivormittag erschauen ließ!

BERGHOTEL-TERRASSE, SEMMERING

Daß ich da bin, ist mir ein ewiges Rätsel — — —.
Ich war schon in der Gruft, durch Schuld der Ärzte!
Heimtückische Mörder ihr, nein, schrecklicher, *Idioten*!
Nun hab' ich den Bergwald vor meinem Fenster,
und die Stimme der K. P. jauchzt und singt und spricht
Gesänge; bloß wenn sie nur sagt, was alle Menschen sagen;
Gewöhnlichstes wird zum *ewigen Ereignis*. Wie man es sagt,
ist alles, *was*, ist nichts!

Und die Komtesse schreitet, fliegt, schwebt, schlängelt
sich über die Terrasse — — —.

Das süße Kindchen Sonja Dungyersky steht da in
braunen Locken und ihre Beine sind dünn und braun wie
von Gazellen — — —.

Daß ich noch bin, ist mir ein ewiges Rätsel. Gott,
schütze mir die, deren Schönheit mich berauscht! An denen
ich krank werde und gesund zugleich!

Berghotelterrasse aus Beton, mit deinen grellroten
Tischen, Sesseln, ich war dein erster Morgengast, und ich
begrüßte dich zärtlichst, du feuchte noch vom Morgentau!
Im äußersten Ecke saß ich, oberhalb der Baumwipfel, und
starrte in den weißen Mürztalnebel! Ich sah dich erstehen
aus grauen nassen weichen Betonhaufen; ich wartete 21
Tage auf deine Marmorhärte; ich war dein erster Gast!

ERKENNTNIS

Alle Frauen rächen sich am Manne für irgendeine Unzulänglichkeit, die sie besitzen! Häßliche Fingernägel machen sie bereits boshaft und gereizt. Von einem „unidealen Busen" gar nicht zu sprechen! Da begehren sie Tag und Nacht auf mit dem grausamen Schicksal, verzehren sich in Leid, und *lassen sich's nicht merken*! Deshalb muß eigentlich jeder Mann *milde* sein, *gerührt*, gestimmt zum *Verzeihen*! Wenn eine die Genialität hätte, es zu sagen: „Ich bin unglücklich *über mich selbst*!" Aber das wagen sie nicht, es sich selbst einzugestehen. Sie verlassen sich auf die Güte des Mannes, der sich „sekkieren, quälen, ungerecht behandeln" läßt! Sie haben aber recht, denn *seine* Liebe ist von Gott eingegeben, und *ihr* Schicksal ist irdisch und ein bißchen vom Teufel! Er hat die *göttliche Kraft* zu *leiden* mitbekommen, sie die *irdische Schwäche*, *glücklich* sein zu wollen!

KLARA

13. Juli, vormittag. Sie ging, in weißem Kleide, langsam den Wiesenweg hinauf. Ich sah sie; und sah sie wieder nicht. Sie grüßte, und ein Gebüsch verdeckte sie. Dann sah ich sie wieder. Langsam sah ich ihr weißes Kleid und ihre blonden Haare dem Wald zuschweben. Ich stand gebannt und grüßte nicht. Sie wußte, wie mir zumut war. Sie grüßte noch einmal. Wie wenn man sagte: „Du bist der erste, der gebannt steht und es vergißt, zu grüßen — — —!"

Sie wußte dennoch nichts von ihrer heiligen, schrecklich-süßen Macht. Ich aber warf mich aufs Bett und weinte — — —. Dann kam sie zurück. Ich sah ihr weißes Kleid und ihre blonden Haare. Gebüsch verbarg sie, mochte sie entschwinden. Dann sah ich sie wieder. Ich verneigte mich. Sie ging vorüber; und wie eine Regenwolke kam es über die lichte Landschaft — — —.

EIN KOMTESSEN-BRIEF

Lieber Peter Altenberg,

weshalb sagen Sie mir das über die „göttliche Vollkommenheit meines Leibes", den *Sie* unbedingt unter allen Hüllen *nackt* sehen?! Ich habe doch schon *alle Untugenden*, die unser Stand, unsere Sorgenlosigkeit, unsere Verwöhnung von früh bis abends, mit sich bringen ohne unser Hinzutun!? Jetzt kommt noch die Begeisterung eines Dichters hinzu, also eines Menschen, der nichts will als begeistert, berauscht, gerührt sein?! So ein Beschenker! Sie werden mich nicht eitel machen, Edler, ich werde nur denken: „Vielleicht verhilft es ihm zu einem Gedichte, das wieder anderen hilft, wenn sie es lesen!?" Und dennoch habe ich mich abends in dem Stehspiegel angeschaut und gedacht: „Dichter wissen doch alles!"

MÄRCHEN DES LEBENS

Der größte Beweis von *Kultur* und *Takt* einer Frau ist es, sich die ihr immerhin ganz angenehme Verehrung eines ungeliebten Mannes gefallen zu lassen, ohne ihn je zu kränken! Eine Dame ließ sich durch sechs Wochen meine schwärmerische Begeisterung sanft lächelnd gefallen. Beim Abschied bat ich sie, doch den Rehlederhandschuh abzustreifen, damit ich zum ersten- und zum letztenmal ihre geliebte Hand küssen könne — — —.

„Schau'ns, Peter, was haben's davon, nix. Das hat gar keinen Zweck. Hab' ich recht?!"

„Vollkommen", erwiderte ich.

„Leicht sind Sie getröstet, mein Herr!" erwiderte sie.

„Im Gegenteil, ich bin *untröstlich* darüber, daß Sie in Ihrer Kindheit zu wenig französische und englische Gouvernanten gehabt haben!"

WORÜBER MAN NOCH IMMER WEINT, UND EWIG WEINEN WIRD!

Die Frau verließ den Mann — — —.

Hundert Millionäre lagen ihr zu Füßen.

Da bekam ihr Kindchen Scharlach.

Ihr Mann schrieb ihr: „Marie schreit auf aus tiefem Schlaf, ruft Deinen Namen!"

Da kam sie.

Und blieb!

BESUCH

Nun gut, ich bin ewig begeistert, trotz meiner 53 Jahre und meiner Krankheit, die doch schließlich unmerklich die Kräfte wegfrißt wie ein irrsinniger Jaguar, der nie genug hat und im Blute wühlt und trinkt ganz ohne Durst! Mir gegenüber, auf Zimmer 142, 143, wohnt seit gestern ein kleines Mädchen, Ungarin, Bulgarin oder Serbin; im Nationalkostüm mit ganz nackten, herrlichsten Beinen geht sie. Als ich sie heute auf der Stiege traf, lächelte ihre Mama über mein begeistertes Gesicht. Ich stand und schaute. Weshalb reisen, wenn die fremden Länder in ihrer Märchenpracht sich zu uns bemühen?! Das Hotelstubenmädchen ließ mich in das unaufgeräumte Zimmer. Ich kniete an dem Bett des Kindes nieder, küßte das Linnen, auf dem ihr heiliger Leib geruht! Das Stubenmädchen sagte: „Wann sollen denn die Menschen schön sein als so lang sie klein sind?! Später „wachsen sie sich aus", da wird eine wie die andere — —."

Ich schenkte ihr zwei Kronen, denn sie war meine Mitarbeiterin geworden an dieser Skizze, die zwar noch nicht angenommen und bezahlt ist. Aber man muß etwas riskieren — — —.

LIEBESGEDICHT

Ich wußte es, sie hatte mich betrogen — — —.

Betrogen? Nein. Sie hatte nur vergessen, es mir zu sagen, es mir mitzuteilen — — —.

Denn ich hätte es ihr gestattet; wie einem Kindchen Kugler-Gerbeaud-Bonbons, von denen man nicht wissen kann, wie zart sie schmecken — — —.

Das Stubenmädchen brachte mir ihren, meinen armseligen Ring, zehn Kronen, den sie auf Zimmer 109, im Bett gefunden hatte.

Dann ging ich in die Bergwiesen, in den Wald, zu unserem heiligen Ruheplätzchen.

Hochgelbe Arnika wuchs, weißer Klee, braune Schuppenwurz, lila Orchideen, ein Liebesteppich.

Sie hatte mich betrogen. Nein.

Dort, siehe, war es ein weißes Bett gewesen wie tausend Betten — — —. Ein weißes, weißes, nichtssagendes Bett.

Hier aber war Bergwiesen-Liebesteppich, in Gottes bunter Pracht! Hier blieb sie mir treu!

DAS GRÖSSTE KOMPLIMENT

(Der Komtesse T. W. geweiht.)

Einige Herren saßen beim Frühstück auf der herrlichen Bergterrasse, sprachen über die junge Gräfin.

Der erste: „Sie ist so liebreizend, daß man krank und gesund zugleich wird bei ihrem Anblick!"

Der Zweite: „Ich habe ein Gedicht gemacht, es ist das erste in meinem Leben. Puccini will es mir in Musik setzen."

Der Dritte: „Ich schrieb an meine geliebte alte Mutter nur über sie, acht Quartseiten — — —."

Der Vierte: „Sie ist da, und selbst der Bergwald ist seitdem schöner, melancholischer, düster-verhängnisvoll geworden!"

Der Fünfte: „Wenn sie abends 8 Uhr, beim Konzerte, in den Speisesaal treten würde, *splitternackt*, sich hinsetzen, essen, trinken, sprechen würde, so würde der ganze Saal es für natürlich, selbstverständlich finden, als ob man längst darauf gewartet hätte! Man spürte es direkt als etwas Unschickliches, daß sie früher angekleidet gekommen war!"

LE MONDE

Die Schaukel war weitausgebaucht und braunrot.

Im Winter sah sie nach nichts aus, im Sommer wurde sie mir eine lichte Welt! Klara, Franziska schaukelten darin, vormittags, nachmittags bis zum Abend, in weißen Batistgewändern, mit blondgoldenen, wehenden Seidenhaaren.

Im Winter sah die braunrote Schaukel nach nichts aus, im Sommer wurde sie mir eine lichte Welt — —.

Dann kam der Herbst und dann der erste Schnee. Da blickte ich denn oft dankbar hinaus zur Schaukel, tief dankbar für das einst Gebotene.

EIN REGENTAG

Es regnet. 9. Juli 1912, nachmittag 5 Uhr. Ganz dichte graue Schleier ziehen über den Bergwald vor meinen Fenstern. Alles trieft, ist untergetaucht in Nebel. Die Blumen haben ihre Farbe verloren, die Blechdächer glänzen, sind von Staub gereinigt, naß-poliert. Die Schaukel, die Schaukel. Vormittags schaukelte noch die sonnigste Frau, die blondgelichtete, die *musiksprechende*, in der Sonne! Ich sah sie schweben und weinte. Mir ist nichts anderes gegeben als zu weinen. Ich kann keine Lieder komponieren zum Preise, wie Brahms, Hugo Wolf, Grieg. Ich kann nur eine Melodie — — — weinen. Klara, Klara. Es regnet. Graue Schleier ziehen über den Bergwald vor meinem Fenster. Es duftet nach nassem Wald natürlich. Alles ist wie ertränkt. Klara, Klara, du sitzest in deinem Zimmer, lernst wichtige Dinge, fürs nächste Jahr, für die Prüfung, für das Leben. Deine blonden Lockenwolken streifen das weiße Papier, auf dem du schreibst — — —. Du sagst: „An einem solchen faden Nachmittag ist's noch am besten zu lernen — — —!"

IN 24 STUNDEN

„Ich bitte, nehmen Sie mich um Gotteswillen heute nacht in Ihr Zimmer!"

„Was interessiert Sie an meinem Zimmer?! Sie haben es doch schon oft bei Tag besichtigt?!"

„Bei Nacht muß es viel schöner sein!"

„Mein Mann wird Sie erschießen!"

„Das macht nichts!"

„Mein Mann wird mich erschießen!"

Infolgedessen sah er nie ihr Zimmer bei Nacht.

Nun werdet ihr mich fragen: „Und bei Tage?!"

Frauen sind so kindlich, das Tageslicht als *neutralisierend* zu betrachten; die Sonne kann mit ihrem lichten Strahl die dunklen Sünden bleichen! Sie läßt sich erzählen und beichten! Und verzeiht!

Nur die Finsternis ist heimtückisch, macht zur Verbrecherin und verrät! „Kommen Sie, mein Herr, bei Tageslicht!"

HOTEL-STUBENMÄDCHEN

Ich sagte zu meinem Hotel-Stubenmädchen: „Johanna, Sie werden von Tag zu Tag unaufmerksamer gegen mich. Gestern waren sogar keine Zündhölzer vorhanden." Sie sagte: „Jetzt wird es schon wieder besser werden. Ich habe nämlich meine Schwester, 27 Jahre alt, verloren, man hat ihr zum Schluß das ganze linke Bein abgenommen. Sie hat gesagt: „Ich möchte auch mit *einem* Bein leben!" Aber es ist doch nicht gegangen." Sie brachte mir zehn Pakete Zündhölzchen. Sie sagte: „Wenn man nur wüßte, wofür man so schwer bestraft wird!? Die Dame auf Nr. 32 hat sicherlich mehr gesündigt als wir, und wie fein lebt sie?!"

Ich sagte: „Johanna, wenn es auf Erden richtig zuginge, brauchten wir ja nicht die Hoffnung aufs Himmelreich — — —"

Sie sagte: „Entschuldigen Sie vielmals die zahlreichen Versäumnisse der letzten Tage. Meine arme Schwester hat ausgerungen. Jetzt kann ich wieder meine Pflicht erfüllen!"

MODERNER DICHTER

In unserm Leben gibt's so viel Nuancen — — —
Die eine sagt: „Arzt meiner kranken Seele!"
Die andre sagt: „Wie schrecklich er nur aussieht!"
Die eine lauscht begierig der Persönlichkeit,
die andre sieht pikiert den Gegensatz zu den andern!
Die eine schreibt: „Darf ich zu Ihnen kommen?!"
Die andre hält's für zynisch, wenn er im Gespräch
sanft-zärtlich ihre Hand berührt.
Die eine sagt: „Ein Romantiker *ohne* Herz!"
Die andre sagt: „Ein Herzlicher *ohne* Romantik!"
Und eine jede sieht ein „für" und „wider" — — —
und keine spürt, daß „für" und „wider" *eins* ist
in einem, in dem „für" und „wider" *zugleich* sind!

NATUR

Naturempfinden ist wie die *Mutterliebe* eine ewige rastlose Emotion. Man kann nicht sagen: Hier ist es schön! Man muß erfüllt sein, krank, von allem anderen losgelöst, begeistert, gerührt, dankbar und erstaunt! Man muß sich sagen: Wie komme ich dazu, das zu erleben, zu erschauen?! Es muß ein „Nervenrausch" sein, sonst ist es nichts, nichts! Es darf keinerlei Zweck haben für die werte Gesundheit, es muß von selbst wirken und beglücken, wie das Antlitz der jungen Mutter, die sich über die Wiege des soeben erwachten Kindchens beugt. Ein Glücksschimmer ist da über seinem Antlitz, weshalb, das weiß niemand. So muß die Natur wirken! Sie ist kein hygienisches Heilmittel, pfui, sie ist ein *Mysterium*. Nimm gewisse Vögel aus dem Wald, und sie sterben vor Gram. Gib sie zurück, und sie zwitschern Dankgebete. So ist das Naturempfinden. Eine heiße, süße, zehrende Leidenschaft der Seele! *Sport* und *Hygiene* sind Börsenmanöver, die die modernen Menschen mit dieser Kirche „Natur" effektuieren!

NOCH NICHT EINMAL SPLITTER VON GEDANKEN

Dialog

„Sie haben erklärt, ich hätte die feinstmodellierten Nasenlöcher, die es gäbe?! Das ist nicht sehr viel — — —.“

„Nein, es ist *nur* Edelrassigkeit!“

Extrakt eines Königinnenlebens:

„Die Königin fühlte sich am wohlsten, wenn sie bei einer edlen Zigarette, mit Gräfin P. A. über ihr Lieblingsthema, die Krankenpflege, *plaudern* konnte.“

Die Philosophie:

Sie war die Lieblingsschülerin des berühmten alten Professors E. in Pr. Und *dennoch* sagte sie: „Zu braunem Musselinkleide gehören eben unbedingt braune Strümpfe, braune Schuhe, brauner Schirm!“ *Dennoch?!* Nein, *deshalb!*

Leben des Alternden

Immer bissiger und innerlich immer voller Tränen!

Leben des reichen Mädchens

„Ohne Beschäftigung könnte ich es nicht aushalten. Man muß es sich doch beweisen, daß man *auch* ein Mensch ist!“

Es gibt Frauen, die von der Natur so *luxuriös* ausgestattet wurden, daß sie sich den *Luxus* der *Luxuslosigkeit* erlauben dürfen! (Komtesse T...... W. E.).

Aus dem „Englischen“:

„Man sieht, wie wenig Gott von Geld hält, an den Leuten, die er damit ausstattet!“

Aus dem „Wienerischen“:

„Sö haben gar ka Idee, wie unangenehm i werd’n kann,

wann i will!"

„Versuchen Sie es einmal, es *nicht* zu wollen!"

Aus dem „Französischen":

Um ganz Pariserisch zu sprechen, braucht man es nur *ununterbrochen* ganz einfach innezuhaben, daß es *vier* e gibt, das e muet, das e grave, das e égu, das e circonflexe, und sich danach zu richten! Aber das kann nur der geborene Pariser!

✶

Als ich dem jungen Offizier mitteilte, ich hielte ihn für den Typus des „Eroberers" und beneidete ihn um sein Glück bei Frauen, erwiderte er: „Schau'ns Peter, schau'ns, Glück gibt's nicht! Die, bei denen man Glück hat, da ist es doch kein Glück. Die hat man von selbst. Dort erst wäre es erst ein Glück, wo man *kein* Glück hat. Und *grad' da* hat man kein Glück!"

Das Geständnis auf dem Sterbebett.

28./8. 1912.

Aus Nyiregyhaza wird gemeldet: Das Mitglied des Munizipalrates und Direktor der Volksbank Anton F. wurde verhaftet. Seine Frau hat auf ihrem Sterbebette gestanden, daß er vor vier Jahren ein Haus in Brand gesteckt habe, um die Versicherungssumme zu erhalten für ihren Sommeraufenthalt!

Konklusion: Weihe deine Frau in nichts ein, sie könnte aus *Rache* oder *religiösem Bedenken* oder aus allgemeiner Stupidität dich verraten!

✶

Moderne Gemäldegalerie der Armen: Farbiger Kunstdruck der „Jugend", 50-25 Zentimeter, Emil Hoess: *Rehe.* Text von P. A.: „Es gibt Menschen, die sich an der *Anmut* dieser edlen Tiere *berauschen*! Es gibt Menschen, die der *Leidenschaft der Jagd* ergeben sind! Es gibt Menschen, die, *ohne* Rausch und Leidenschaft, gern Rehrücken mit Sauce

Cumberland *fressen*! Es gibt *Dichter, Don Juans* und *normale Männer*!"

✳

Nur mit dir, Geliebte, hat das Leben für mich noch einen Reiz, aber *ohne dich* hat es noch mehr Reiz!

✳

Sie bewunderten sich gegenseitig — — — da war es ein Mißton! Sie bewunderten gemeinsam einen Schildkröt-Schirmgriff — — — da war es ein Akkord!

✳

„Haben Sie mich noch gern?!" fragt sie immer innerlich nach der ersten Umarmung. Weshalb fragt der *herrliche Idiot* nie: „Haben *Sie mich* noch gern?!"

✳

Schamgefühl ist „*ein Schutz für Unzulänglichkeiten*". Man verbirgt, was *zu verbergen* ist! Treue ist auch ein Schutz. Wenn ich nur wüßte, wogegen?! Ah, ja, gegen die *Gefahren* der Treulosigkeit!

✳

Essen, um das Vergnügen zu haben, zu *essen*! *Hungern*, um das Vergnügen zu haben, zu *essen*! *Hungern*, um das Vergnügen zu haben, zu *hungern*!
Philister, Lebenskünstler, Dichter!

✳

Es gibt kein laues Bad von 27 Grad und keine gute Kernseife, die nicht jede Sünde der Frau hinwegwüschen!

✳

Eine Frau, der *ich* ihr *Alles* bin — — — pfui Teufel!

✳

220

Sie sagte: „Nie, nie, nie, werde ich Ihnen genug dankbar sein können!"

„Oh ja, Fräulein, wenn Sie mich Ihre Achselhöhlen küssen lassen!"

✳

Das Schrecklichste ist, irgendeinen pathologischen Zustand, wie Rausch oder Eifersucht, nicht *„ausschlafen"* zu können! Denn dazu ist ja der Schlaf da, daß man wieder „zur Besinnung" komme, daß man „ein Vieh war"!

✳

Schlaf ist der Verzeiher aller Sünden, die man dem armen Körper antut! Man darf daher nicht *mehr* Sünden begehen als man Schlaf hat! Einige Sünden jedoch lassen sich nicht „ausschlafen", z. B. zähes Fleisch mit Kohl. Auch die „Sünde der Faulheit" läßt sich schwer ausschlafen. Je mehr man begeht, desto schläfriger wird man!

✳

Es gibt zwei Sorten moderner Musiker — — — die *Ehrlichen*, das sind die, die den Richard Wagner *bestehlen*! Und die *Unehrlichen*, das sind die, die *originell* sind!

✳

Es gibt Dinge, die man nicht „modernisieren" kann, z. B. den Kuckuckruf. Oh ja, man macht ein Rabengekrächze und nennt es „Kuckuckruf"!

✳

„Der gute alte Richard Wagner", sagen schon manche Vorge-trottelten!

✳

Mit 82 Jahren ist man mit dem Tode schon so *befreundet*, daß er einem die unangenehmsten Wahrheiten ungeniert ins

221

Gesicht sagt!

✻

Ein Gymnasialdirektor sagte zu jedem Abiturienten beim Abschiede: „Werden Sie General!" Er meinte, in jedem Berufe könne man es zum General bringen!

✻

Es war direkt interessant, wie völlig uninteressant die Dame war!

✻

Es gibt keinen größeren Idealismus als den einer zärtlich liebevollen Mama. Selbst eine unangenehme Erkenntnis hat bei ihr noch die Gloriole von roten Herzbluttropfen!

✻

Millionäre trösten uns immer damit, man könne sich auch an Austern „überessen". Aber in *diesen Zustand* eben einmal zu gelangen, ist ja das Glück!

✻

Ich fahre lieber in einem gefährlichen Automobil als in einem ungefährlichen Omnibus.

✻

Man ist häufig genötigt, in der guten Gesellschaft das Wort „entzückend" auszusprechen. Ich habe daher im Tonfall dabei bereits so viele Nuancen mir zurechtgelegt, daß eine Dame mir einmal, als ich etwas „entzückend" fand, sagte: „Sie grober unverschämter Kerl! So ekelhaft ist es ja doch nicht, wie Sie es finden!"

✻

Als der Kutscher uns liebenswürdig die Gegend erklärte, notierte ich bei jedem Bergnamen zehn Heller

222

Trinkgeld. Als er die „Hohe Veitsch" nannte, waren es bereits theoretisch 3 Kronen 70. Wir rundeten es auf 1 Krone 50 ab!

✳

Die Art deines Gehens, o Fraue, wenn du eine Hoteltreppe langsam hinauf-, langsam heruntersteigst, ist bereits dein „Biografical essay", eine Offenbarung deiner wirklichen untrüglichen Werte!

✳

Ich sah sie im Speisesaal eine Zigarette rauchen und war entzückt. Ich wußte noch gar nicht, was und wie sie sprechen würde. Sie hätte ewig schweigen dürfen, sitzen, rauchen, blicken — — —.

✳

Das, was die Menschen uns nicht vortäuschen *können*, nicht vortäuschen *wollen, das* sind sie! Ich habe Kinder gesehen, bei denen das „*Nießen*" sogar entzückend war!

✳

Man kann auch elegant zanken, elegant verzweifelt sein, man kann elegant langweilig sein, und sogar elegant ungezogen! Aber das ist das schwerste!

✳

Sie bezahlte Champagner und *beleidigte* mich durch die Art, wie sie es tat!

Ich zahlte Champagner, und sie *versöhnte* mich durch die Art, wie sie es annahm!

✳

Eine Dame sagte: „Ich bitte, Herr Peter, welches ist das idealste Mundwasser?!"

„Ein idealer Zahnarzt! Denn dann braucht man *gar kein*

223

Mundwasser, ja *nicht einmal* eine Zahnbürste!"

✳

Der Luxus der Frauen steht theoretisch *im umgekehrten Verhältnis* zur *Vollkommenheit* ihres Leibes! Dem *Leinenkleide* für 25 Kronen entspricht der Leib der *Pauline Bonaparte*! Eine Dame sagte zu mir: „Diese blöden teuren Fetzen! Mich müssen's nackert sehen! Dö Sachen verschandeln einen ja nur!"

✳

Wenn ein Blumenmädchen in einem Vergnügungslokale an deinen Tisch tritt, dir für deine Dame eine Rose anzubieten, so muß die Dame *sofort* erklären, daß sie keine wünsche. Sonst macht sie sich *ebenfalls* einer Erpressung schuldig!

✳

Wenn in einem Geschäfte eine Kundschaft nach einer Ware sich erkundigt, die nicht vorhanden ist, so haben die Verkäufer nicht *stolz-abweisend* zu erklären: „Nein, das führen wir nicht — — —!", sondern *zerknirscht-reuevoll*.

✳

Weshalb erhält man bei uns hölzerne *Fußschemel* nur in den *Spielereihandlungen*, während die Geschäfte für *Kücheneinrichtungen* sich beharrlich sträuben, dieselben zu führen?! Fußschemel sind keine Spielerei, und in der Küche braucht man Schemel — — —. Das sind unergründliche Geheimnisse der Geschäftswelt!

✳

In Berlin kann man von März bis Oktober die riesigen Spiegelscheibenfenster in die Keller hinablassen, und man sitzt im Lokal gleichsam im Freien in guter Luft. Bei uns kann man das nicht. Wundert Sie das?! Mich nicht!

*

Unsere Auslage-Arrangeure wollen immer so viel als möglich vom Lager hinauszwängen, während gerade *ein einzelnes, besonderes Stück* die *ganze Führung* des Geschäftes, seinen *Geist* bereits dokumentierte!

*

Die Klosettfrauen sollten gezwungen werden, lose, einzelne Seifenblätter zu verkaufen. Die *gemeinsame* Seife erinnert fast an ein „gemeinsames Zahnbürstchen"!

*

Alle Menschen leben „über ihre Verhältnisse", über ihre ökonomischen, sexuellen und vor allem über die ihres Verdauungsapparates! Daher ihre ewige Reizbarkeit und Unduldsamkeit. Irgend etwas bedrückt sie!

*

Ich sagte einst einem befreundeten jungen Restaurateur in G.: „Vor allem nimm jede nicht konvenierende Speise *zurück*, selbst im Falle einer krassen Ungerechtigkeit. Du machst immer noch das *bessere* Geschäft, wenn du dieses eine Mal bei dem Hundskerl draufzahlst. Sonst redet er dir noch Hunderte ab!"

*

In den gutgehenden Geschäften sind die Bedienenden nervös, weil *zu viel* zu tun ist, und in den schlechtgehenden, weil *zu wenig* zu tun ist!

*

Wenn ein Zyniker in der Gesellschaft von Damen zynisch ist, so ist er es *nur*, weil alle diese Damen ihm *keinerlei Hochachtung* einflößen. Ich kann mir einen jeden Zyniker denken, der vor einer „innerlichen Kaiserin des Daseins"

225

verstummte! Tut er es aber auch in diesem Falle nicht, dann ist er ein Zyniker!

✱

„Ich verehre Euch, Meister Altenberg, seit Jahren. Aber wozu die Worte?! Ich möchte Euer letztes Werk erstehen. Was kostet es?!"

„Fünf Kronen."

„Für drei Kronen würde ich es nehmen — — —. Aber eine schöne „persönliche Widmung" erbitte ich mir natürlich!"

Ich schrieb eine persönliche Widmung: „*Sie* haben mir zwei Kronen abgehandelt, *ich* habe es mir abhandeln lassen; jetzt wissen Sie, was an *Ihnen* und an *mir* ist!"

✱

3jähriger Wahrheitsfanatiker, aus dem noch was werden kann:

„Wen hast du denn besonders lieb, Bubi?! Die Mama?!"

„Nicht besonders — — —."

„Dein Schwesterchen?!"

„Nicht besonders — — —."

„Wen also hast du besonders lieb?!"

„Die Schokolade!"

✱

Liebesbrief:

„Oh, ich habe ein so grenzenloses Vertrauen zu Ihnen, daß ich es auch dann nicht verlieren könnte, wenn Sie es mißbrauchen würden!"

✱

Höchstes Lob (Frau Dr. Eugenie Schw.):

„Mein lieber Peter Altenberg, mit keinem der sogenannten „Modernen" könnten Sie sich vertragen! Mit *Gottfried Keller* hätten Sie sich *vertragen*, obzwar Ihr von früh bis abend *erbittert gestritten* hättet!"

Ausspruch:

„Wissen's, bei uns in der Hofoper, ich mein' beim Ballet, teilen wir die Künstlerinnen, Sängerinnen, natürlich nicht ein nach dem, was sie können, das is uns Tänzerinnen doch ganz egal, sondern nach dem, ob sie *„betamt"* (liebenswürdig-menschenfreundlich) oder *„unbetamt"* sind! Die Jüdinnen also sind alle *unbetamt* natürlich, aber es gibt sogar unbetamte *Christinnen* bei uns! Und die sind noch ärger!"

✳

Für 500 Kronen Honorar erklären dir die Ärzte, du habest „eine leichte Blutzirkulationsstörung". Es sei nichts von Bedeutung. Für drei Kronen erklären sie dir, es sei ein leichter Schlaganfall. Die Hauptsache wäre, er solle sich ja nicht wiederholen!

✳

Ein genialer Arzt verlor seine Stelle und erschoß sich, weil er sich jungen Patientinnen gegenüber schamlos benommen hatte. Sie fragen mich, was ich über den Fall dächte?! Ich rechne mir es aus: 57 Patientinnen in ihrer „Ehre" gekränkt, 57 Tausend durch den Verlust des genialen Arztes *effektiv* geschädigt!

✳

„O, Herr von Altenberg, wie geht es Ihnen?! Noch immer nicht verheiratet?! Woran arbeiten Sie jetzt momentan?! Schwärmen Sie noch immer für schöne schlanke 15-Jährige?! Und überhaupt, was gibt es Neues in Ihrem reichbewegten Leben?!"

„*Genehmigt!*" erwiderte ich gelassen und entfernte mich.

✳

Jemand sagte zu mir (jeden Tag ist es ein anderer): „Sie

sind der glücklichste Mensch! Sie haben keine Bedürfnisse!"

„Nein, ich habe keinerlei Bedürfnis, Bedürfnisse zu haben, die ich ja doch nicht befriedigen kann!"

✶

Die Forelle, der Hecht sind gefährliche, ewig auf der *Raublauer* liegende Tiere. Aber man fängt sie geschickt mit irgendeinem Köder. Bei Frauen macht man es aber ungeschickt. Meistens reißen sie sich los und verspeisen nur den Köder!

✶

Die Prinzessin sagte: „Man macht dem Sudermann immer den Vorwurf, daß er theatralisch sei. Das finde ich ungerecht. Wenn man das meinem Cousin, dem Louis Liechtenstein, nachsagen dürfte, so wäre es gerecht. Denn der hat's nicht nötig. Aber der arme Sudermann, der ist doch dazu da, theatralisch zu sein!"

✶

Ich sandte dem herrlichen 11jährigen Kinde Margit Kr. einen selbstgebundenen Strauß von hellblauen Skabiosen und gelben Teerosen. Die Mama sandte den Strauß zurück mit dem Bemerken, ihr Töchterchen sei noch *minderjährig*. Ich schrieb: „Gnädige Frau, wann erfolgt die Volljährigkeitserklärung für *Schönheit und Anmut*?! Gott, Jesus Christus und die Dichter verstehen nichts von Kalenderberechnung!"

✶

Das mystisch schöne Kind hatte eine unschöne Mama. Alle Damen sagten zu mir: „Sie wird der Mutter nachgeraten!" Endlich kam der wunderbare Vater an, wie ein Sieger-Torero. „Für einen Mann ist er viel, viel zu schön!" sagten alle Damen. „Nun und das Kind?!" sagte ich. „Weshalb soll es gerade ihm nachgeraten?! Weil Sie es sich erwünschen?!?" Bestien!

✲

Je lustiger, je übermütiger die Geliebte, desto verstimmter der Geliebte. Alles geht auf seine Kosten, Unkosten. Aber manche Männer nehmen regen Anteil — — — an diesem Diebstahl vor ihren Augen! Amüsement ist „Ablenkung des Herzens!" *Gutmütigkeit* des *Mannes* — — — *verbrecherischer Idiotismus!*

✲

Was nützt es dir, o Jüngling, daß du mit Sorgfalt und Geschmack ein Bukett zusammenstellest aus herrlichen Bergblumen und Gartenrosen?! Die Dame fühlt: „Die Bergblumen kosten nichts, und die sieben Rosen je eine Krone!"

✲

Nur Juden haben die Ungezogenheit, mich zu fragen, weshalb ich stets an dickem, grünem, seidenem Kordon zwei herrliche Automobilpfeifen, Sirenen, trage!? Christen fragen das nie. Sie denken gleich: „Weil er ein Narr ist!" Die Juden lassen sich durch die Frage noch wenigstens die Hoffnung offen!

✲

Mein Gehirn hat Wichtigeres zu leisten als darüber nachzudenken, was Bernard Shaw mir zu *verbergen* wünscht, indem er mir es *mitteilt!*

✲

Die modernen Damen verlängern sich die Fingernägel statt des Gehirnes. Das erstere scheint leichter zu sein!

✲

Die Männer suchen ihre Damen von 8 Uhr morgens bis

229

11 Uhr nachts bei guter Laune zu erhalten! Wahrscheinlich wegen der übrigen Stunden!

✶

Körperliche Vollkommenheit verpflichtet zu jeder anderen, geistig-seelischen Vollkommenheit! Aber glücklich die, die zu dieser Verpflichtung *verpflichtet* sind!

✶

Ein runder Rücken ist nicht nur ein *runder Rücken*. Es bedeutet auch einen *flachen* Brustkasten!

✶

Weshalb dieses unintelligente Sträuben gegen Nährmittelpräparate wie „Sanatogen"?! Jedenfalls wird es euch mehr nützen als Rostbratl mit Erdäpfelsalat! Ihr fürchtet euch vor zu viel Kräften?! Na ja, ihr müßt es ja wissen, wofür ihr sie dann doch nur verwendet!

✶

Nährmittel haben zur Voraussetzung „eine ganze verfeinerte Kultur". Sonst bleibe man bei dem a la Hunnen auf dem Sattel weichgerittenen Roastbeef!

✶

Ich habe gelesen: Den Engländern fehlen leider zwei Sachen: Sinn für „feine zarte Küche" und Sinn für „feine zarte Musik". Jetzt weiß ich, weshalb sie die Welt unterjocht, viel Geld und viel Ehre gemacht haben!

✶

„Ich habe meinen Gatten lieb, weil er mich reich ausstattet! Ich habe meinen Geliebten lieb, *obwohl* er mich nicht reich ausstattet! Wie lieb hätte ich erst einen Geliebten, der mich reich ausstattet! Aber das gibt es ja gar nicht; der hat das doch nicht nötig, das wäre ja ein idiotischer

Verschwender, den man unter Kuratel setzen müßte!"

✳

„Ich denk' über so viele Sachen nach, Gustav, und da werd' ich ganz blöd. Wann ich einmal gar nicht nachdenk', und was ganz Blödes sag', dann sagen die Leut', daß es riesig g'scheit is. Aber unbewußt sagen sie. Das heißt also, daß es doch blöd is, nicht, Gustav?!" „Dummerl!" sagte Gustav, das heißt: „Gscheidterl!"

✳

Die 5jährige Edith sagte abends beim Abschiede zu mir: „Also wann, wann, wann — — —?!"

Da ergänzte die Mutter: „werden Sie morgen wiederkommen?!"

„Aber geh', Mutti, das weiß er ja, was ich gemeint hab'!"

✳

Je tiefer die *seelische* Liebe der Frau, desto *geringer* ihre „physiologische" Erregbarkeit. Das scheint schauerlich paradox zu sein! Die „Liebe" verteilt ihre Erregung auf den *Gesamtorganismus*, während minderwertige Gefühle nicht diese Kraft haben, sondern sich *lokalisieren*!

✳

In jeder schönen Frau, in jeder wohlgestalteten, steckt die „Hure". Sie kann nicht anders als Tag und Nacht von dem Gefühle gereizt, gekitzelt, erregt zu werden als dem: „Ich könnte *jeden* Mann selig machen, ihn in die letzten Räusche bringen!" Eine Frau von diesem *Weltenempfinden* weg auf *sich* konzentrieren wollen und können, ist das Wesen der *glücklichen Liebe*! Ich bezweifle, daß es bei einer wirklich *vollkommen schönen* Frau gelinge! Aber wie viel solcher gibt es?! Also gibt es doch viele „glückliche Liebende". Und dann: die Frau rechnet mit ihrem

231

allmählichen „schäbig-werden". Das vermehrt die Chancen der — — — Idioten! Übrigens gibt es noch die sogenannte „gute Erziehung". Ja, die Idioten haben Chancen!

✳

„Ich bin *gewitzigt*", heißt: „Ich bin gewitzigt über die Dinge, über die ich *gewitzigt* bin. Aber über die Dinge, über die ich *noch nicht* gewitzigt bin, über die bin ich noch nicht gewitzigt!"

✳

Kinder rupfen zarten Insekten ihre überzarten Flügel aus. So machen es *Erwachsene* den *Dichtern*!

✳

„Sie reizen uns *unnötig* auf mit Ihren anarchistischen Theorien!" sagte eine junge Dame zu mir.
Wie würde ich es erst tun, wenn ich es *für nötig* hielte!

✳

„Woher nehmen Sie ununterbrochen Ihre Begeisterung für Frauen, Kinder, die Natur?!" sagte jemand zu mir.
„Von Abführmitteln! Tamar Indien Grillon! Von meiner *‚inneren Unbeschwertheit‘*!"
„Sie scherzen!"
„Gewiß. Denn Sie würden davon nur *Diarrhöen* kriegen!"

✳

„Wir sind eben noch keine „chemischen Retorten! Schauen Sie doch die „Roßknödel" an auf der Straße, woraus das Pferd seine ganze riesige Kraft gezogen hat!?"
„Ja, es ist eine wahre *Roßnatur*!"

✳

„Was verstehen Sie eigentlich unter „Kunst"?!" sagte ein

Herr um Mitternacht, bei Champagner, zu mir.

„Da müssen Sie noch ein bisserl was *bar* draufzahlen, wenn ich Ihnen die Frag' jetzt beantworten soll!"

✳

Wenn jemand magenkrank ist, so muß ein moderner Arzt ihn sogar fragen: „Haben Sie mit Ihrer Wäscherin nie so „leichte Konflikte", oder verkehren Sie nicht mit *ärmeren* Leuten als *Sie* sind, oder schläft Ihre Geliebte nicht gern bei anderen?!" *Solche* Kleinigkeiten schon können einen überempfindlichen Organismus aus dem sogenannten physiologischen Gleichgewichte bringen.

✳

Was *du* nicht willst, daß *man* dir tut,
das *tu'* geschwind den *andern* an,
denn *sie* tun dir's *jedenfalls* an!

✳

Jeder „Sport" macht aus der *romantischen* Natur eine Zirkusmanege!

✳

Musik ist: wie wenn die Seele plötzlich in einer *fremden Sprache* ihre *eigene* spräche!

✳

ZYKLUS: „VENEDIG"

EINDRÜCKE

In Triest hatte ich im *Hotel Excelsior* ganz hoch oben ein Kabinett, das eine kleine eiserne Balustrade hatte, von der aus man das Meer sah und rechts die braungrünen Hügel. So sah ich also zum erstenmal das Meer, in meinem 55. Lebensjahr. Abends trat ich an die eiserne Balustrade und betrachtete die weite graue Fläche Wasser. Ich durfte also auch noch ein Meer sehen, und morgen sogar ein Schiff mit Frühstückszimmer, Speisesaal, Kajüten und Deck zum Spazierengehen. Das gütige strenge Schicksal hatte mir das alles aufgespart, gleichsam als *Schlußbelohnung* eines ereignislosen Daseins. Diese schwebende Stiege an der schneeweißen Wand des Schiffes! Man frühstückt: Teeschale Kaffee, licht, gut passiert, mit Schlagsahne, und fährt zugleich mit Turbine auf dem Adriatischen Meer. Dabei liest man in Intervallen Zeitung und schreibt Ansichtskarten an Annie W. Man zeigt mir freundschaftlich die „italienische Küste" im fernen weißen Nebel, und ich selbst erblicke braune Segel von Fischerbarken. Das alles ist wundervoll. Meine englische Freundin sagt: „Ich habe es gewußt, daß es Ihnen viel Spaß machen wird!" Aber es macht mir viel Ernst! Venedig ... also das ist dieses Venedig, mit einem Palazzo Vendramin, in dem mein Gott, Richard Wagner, den letzten Seufzer aushauchte. Hier also ist der große weite, palastumrankte Platz, auf dem sechs reizende Kaffeehäuser sind, mit 1000 Tischen und Stühlen, und wo abends in der Mitte auf eisernem, elektrisch beleuchtetem Gerüste die *Banda Municipale* spielt. Und gegenüber der Lido, wo die Menschen in Licht, Salzluft und Wasser sich verjüngen und die schönen Frauen wenigstens ihre herrlichen zarten weißen Füße, Zehen, Beine, Knie zeigen. Wenn man dann abends auf dem Markusplatz so eine viertelnackte Nymphe en grande toilette sieht, denkt man: „Bitte sehr, die Schneiderinnen wollen auch leben!" Bei „Salviati" sah ich Gläser von der Farbenpracht von exotischen Schmetterlingen, Vögeln und Orchideen. Andere wieder waren düster wie der Himmel vor dem Gewitter und die Seele eines Eifersüchtigen. Viele schienen herausgewachsen zu sein, wie aus Erdreich und Sonnenlicht und Tau und Regen. Aber dazu muß man in den Kanal Grande fahren, in die Ausstellung, da ist die „Glas-Aristokratie", während sonst überall die schreiende Marktware ist. Parmesan und Paradeis sind die Lieblingsdinge. Man ißt fast alles mit diesen beiden Dingen. Fast zu allem offeriert man dir eine Glasbüchse mit Silberdeckel, in der geriebener Parmesan sich befindet. Die neue Oper von Wolf-Ferrari: „Die neugierigen Frauen" von Goldoni, Lustspiel, wurde im Goldoni-Theater, hellblau und gold, unübertrefflich dargestellt; Kapellmeister, Orchester, Stimmen, Spiel einfach *vollkommen*. Wolf-Ferrari ist ein feiner, nobler, geschickter, diskreter — — — jetzt weiß man *alles*! *Gott*, daß ihm *nichts* einfällt, das macht er *absichtlich*, er ist zu nobel, zu kompliziert dazu, er *will nicht* melodiös sein, wie alle Modernen, die es nicht *können*! Was die Mode betrifft, bin ich leider nur für die englisch-amerikanische, während die französische überladen und unnötig ist. „Ich habe Geld, ich habe Geld, es zu bezahlen!" schreien alle diese Modelle von Hüten und Kleidern, während die englischen und amerikanischen flüstern: „Wir haben so viel Geld, daß wir gar nicht brauchen, es erst zu zeigen!" Der Meeressand ist wundervoll, ihn durch die Finger gleiten lassen ist eine „ästhetische Wollust". Rührend ist die ärmliche Vegetation der Küste: Grasbüschel, Akazien, Birken. Bilder habe ich noch keine gesehen. Die Historie versucht es wie ein altes, Opfer heischendes Ungeheuer, hier überall uns von der einfachen Natur abzulenken. Aber bei mir gelingt es ihr nicht, ich bin der „heilige Georg“, obzwar ich Richard heiße, pardon, Peter. Ich weiß, daß man Giotto „Dschotto“ auszusprechen hat, und damit habe ich mich losgekauft. Deckengemälde interessieren mich nicht, man bekommt einen steifen Hals davon. Von Berühmtheiten der modernen Zeiten waren hier außer mir: Heinrich Mann, Jakob Wassermann, Max Oppenheimer, Tilla Durieux, Adolf Loos, Eduard Stucken. „No, und ich bin nix?!“ sagte die Neunzehnjährige, die sich von mir die Hotelrechnung bezahlen ließ. „Welche kann das noch von sich behaupten, daß ein solcher Schmutzian wie du für sie hat bezahlen müssen?!“

VENEDIG

Und plötzlich *fiel es ihm ein*, ein trauriges Erschrecken — — — ja, sie wollte *nicht* mit ihm verkehren!

Es wurde ihm *sogleich* zur Gewißheit!

Mit untrüglicher Klarheit war es in seinem armen Gehirn, in seinem armen Herzen, plötzlich, lähmend, vernichtend, untergrabend! ja, er hatte es sogar *gewußt*, gewußt, das heißt geahnt, schon nach den ersten Stunden des Beisammenseins. Sie wollte ihn gleichsam sogleich beschützen vor seiner Erkrankung an ihr, vor seiner Torheit, vor seinen kommenden Kränkungen, vor seiner Sehnsucht am lauten Tage und in stiller Nacht, ja, vor seiner Sehnsucht wollte sie ihn beschützen, kurz vor allem und allem und allem, und zwar *sogleich*, prompt, radikal, hilfreich, unerbittlich, wie ein Arzt, wie eine Mama, wie eine Schwester, wie eine Heilige. Eine *schöne Idee*, eine *Aufgabe*, eine *Mission*!

Gestern war er um 7 morgens in ihrer Kabane, hatte ihr schwarz-weißes noch feuchtes Schwimmkleid geküßt, das an einem Haken hing. Und ihre Bastpantoffeln und den Rand ihres Trinkglases. Das Meer war schön, ja, das Meer war schön. Er hatte ihr dann, um 11, von seinem Morgengruß erzählt. Aber *heute* morgens war der Vorhang irgendwie verschlossen. Auch fragte sie ihn um 1 nicht, weshalb er keinen Kabanenbesuch gemacht habe, weshalb er nicht gebadet habe, ob er nicht wohl sei, oder sonst irgend etwas Menschenfreundliches. Sie fragte nach *nichts*. Wißt ihr was das heißt?! Nein, das wißt ihr nicht, Gott sei Dank! Todesurteile für die wehrlose Seele!

Was war los?!

Ihr Gatte?!

Ihr Liebhaber?!

Komplikationen?!

War sie unglücklich verliebt in irgendwen, absorbiert, betäubt, angenagelt?!

War sie krank, körperlich, Magen, Darm oder noch heiklicher?!

War sie müde?!

Hatte sie vielleicht überhaupt *genug* oder *zuviel*?!

Wollte sie sich freihalten für Konvenierenderes?!

War er nicht nach ihrer Fasson?!

War er zu unheimlich ungestüm mit seiner Seele?!

Wollte sie ihn wirklich schützen vor sich selbst?!

Aber das wäre ja schrecklich.

Denn er hatte die feste unerschütterliche Absicht gehabt, *an ihr*, *an ihr* zugrunde zu gehen! Aber vielleicht war es besser *so*! Am nächsten Morgen sagte sie: „O, Sie haben schon genug von mir, ich bitte, antworten Sie nichts, so etwas fühlt man ganz genau, schade — — —.“

Er stand da, und lauschte den Worten, die bereits verklungen waren.

Das Meer war schön, schön, wie niemand es schildern könnte — — —.

VERSCHIEDENES

Neurasthenie ist so lange eine Krankheit, bis es ein Stadium einer *neuen Gesundheit* wird!

✷

Warte, bis man von deinem geliebten Kindchen *dir* Anekdoten und Aussprüche zuträgt. Deine eigenen enthalten keine Pointe, sondern nur Mutterliebe!

✷

Frauen haben eine kolossale *Überschätzung* ihrer Macht. Man ist nur zu wohlerzogen und mitleidsvoll, es ihnen jedesmal zu beweisen!

✷

So lange ich ihr schrieb, was ich durch sie leide, verstand sie es nicht. Als ich es nicht mehr schrieb, sagte sie: „So gefallen Sie mir viel besser!"

✷

Am besten dran sind die *ganz vollkommen* gebauten Badenden und die *ganz Unvollkommenen*. Beide sind schicksalergeben. Am schlechtesten dran sind die *Halb*zulänglichen. Die möchten es immer durch irgendetwas *ausgleichen*, und bringen es *nicht* zustande!

✷

Es gibt Frauen, die schlecht schwimmen, und man fühlt: „Ungeschickte Gans!" Bei der anderen fühlt man nur zartestes Mitleid!

Es gibt „physiologische Matadore"; das sind die Frauen, die *Trikot* tragen im Meeresbade. Die anderen haben allerlei Ausreden, vor allem das herzige Wörtchen „*indezent*"!

✶

Für die meisten ist das Wasser ein „fremdes Element". Ihre Tempi erinnern an „Schwimmlehrer" und „1 … 2, 3!"

✶

Sie sind ein „gefährlicher Beobachter", sagte eine Dame schelmisch zu mir.

„Wieso?!" erwiderte ich, „ich bin doch weder reich noch in angesehener Stellung!?"

✶

„Womit habe ich Sie gekränkt, Peter?! Ich tue doch mein Möglichstes!"

„Tun Sie einmal ihr *Unmöglichstes*!"

✶

Eine junge Frau sagte zu mir: „O, wenn ich so *gebildet* wäre wie die Frau Sch., dann wäre ich *noch gebildeter* als sie!"

✶

Die meisten Menschen verstehen die *ganz tiefen Dinge nicht*! Sie suchen sie *ganz unten*, und sie sind *ganz oben*! Aber sie *dort* zu finden, dazu muß man *ganz tief* sein!

✶

Das größte Kompliment:

Frau Vallière, Schauspielerin in Hamburg: „Peter, im Mittelalter wären Sie *heilig* gesprochen worden! Heute hält man Sie für einen perversen Narren!"

„Ich bin *zu spät* auf die Welt gekommen!"

„Nein, *zu früh*!"

Märchen des Lebens! In meiner Kindheit las ich von den großen, dicken, glasartigen, weißen, durchscheinenden Quallen mit lila durchscheinenden Füßen, die im Meere schwimmen und leuchten! Nun spülte mir das Adriatische Meer eine an den Sandstrand. Ich untergrub sie mit einer hölzernen Sandschaufel, warf sie ins Meer zurück, um sie zu retten. Aber die Brandung brachte sie wieder. Ein Kind sagte: „Kann man sie essen?!"

„Nein, sie leuchtet nur, nachts, im Meere!"

„Weshalb also willst du sie retten?!"

„Eben *deshalb*, weil sie zu nichts anderem zu *gebrauchen* ist, als nachts im Meere zu *leuchten*!"

✸

Ein Tintenfisch wurde vormittags an den Strand geworfen. Allen grauste vor dieser unkenntlichen Masse. Zu Mittag stand er auf der Speisekarte. Eine Dame ließ sich ihn servieren, fand ihn recht schmackhaft und eigentümlich.

„Wie können Sie das gut finden?!" sagten alle empört-überrascht.

„Ich habe ihn, Gott sei Dank, nie gesehen, wie er *wirklich* im Leben aussieht!" sagte die Dame.

✸

„Sie sammeln schöne Muscheln?!"

„Ja, es ist das unmodernste und das *modernste* Kunstgewerbe der Natur!"

✸

„Was finden Sie an mir Besonderes, mein Herr?!"

„Ich liebe Ihren Geist und den Duft Ihrer Achselhöhlen, Ihres Atems, Ihres Schwimmkleides!"

„Und wenn ich *nur* den *Geist* hätte?!"

„Dann wären Sie eine tragische und lächerliche

Persönlichkeit!“

✶

„Sie *durch*schauen uns, mein Herr!“

„Ja, aber auf der anderen Seite ist es *doch wieder dasselbe* anziehende Mysterium!“

DIALOG

„Peter, Sie hören *das Gras wachsen*, Sie *ersticken* alles im *Keime*, *zerstören* die Frucht im Mutterleibe, seelisch!"

„Ich kenne die Gefahr, ehe sie *Gefahr* ist! *Später* ist *zu spät*!"

„Wenn ich ihn mir aber wünsche, diesen ungesäten Keim einer Gefahr?! Wenn ich gerade das mir erwünschte?!"

Er schweigt, wendet den Kopf ab.

„Peter, ich wünsche es mir nicht, nein, bei Gott, ich wünsche es mir nicht!"

„Lassen Sie Gott aus dem Spiele, Teufeline!"

„Peter, ich wünsche mir nichts, nichts als Ihre Freundschaft, Ihre milde Stimmung zu mir nicht zu verlieren!"

„Sie irren sich! Sie haben gewählt, entschieden, und gerichtet!"

„O, Peter — — —."

FAUNA UND FLORA

An dem adriatischen Meeresufer findest du morgens um sieben viele kleine Bündel von angeschwemmtem zähen Grase vom Meeresgrund, und kleine Muscheln in ganz modernen Farbennuancen, von grau in schwarz, von braun in lila, von gelb in braun. Die Japaner scheinen von da ihre diskreten, fast mysteriösen Farbentöne her zu haben. Die großen teuren Muscheln stammen aus dem Indischen Ozean und sind wertvolle *wertlose* Prunkstücke. Aber die kleinen Muscheln, hier umsonst, sind kleine moderne erlesene Kunstwerkchen der Natur! Eine Dame sagte zu mir: „Eine ist doch so wie die andere!" — „Für *mich* nicht!" erwiderte ich. Die kleinen, nach seitwärts gehenden Krabben sind entzückend. Sie suchen herzig und ungeschickt das Weite, aber wenn sie es nicht mehr können, so zwicken sie sanft mit ihren Miniaturscheren. Am Meeresufer ist ein bewegtes Leben und Treiben; aber die Büschel von geheimnisvollen dunkelgrünen zähen Gräsern, die herrlichen Muscheln und die Krabben sind wie von tausend Jahren her, wo Menschen noch nicht das *Strandbad* kannten. Auch du wirst einst nicht mehr sein, die du mich nun in *jugendlich-lächerlichem* Stolz abweisend mit den Blicken mißt, und deine Brüste werden die Spannkraft eingebüßt haben, so oder so; und ewig wird das Meer noch Grasbüschel auswerfen, Muscheln und Krabben. Und mein *Leid* wird vielleicht *leben*, denn sterblich ist das *Jauchzen*, es verhallt; der *Seufzer* aber ist unsterblich. Er dringt zu Gottes feinem Ohr. Der schenkt ihn wieder der Welle, die ans Ufer klagend fällt. Gott liebt das Leid; wieso es kommt, ich weiß es nicht; es muß wohl

„göttlich" sein. Gott liebt das Leid, es *reinigt*! Die satte Freude liebt er *nicht*!

QUO VADIS?!

Du hältst mich für anspruchsvoll und ungezogen
— — —
ich bin es nicht.
Du *hörst* einfach das Ächzen meiner Seele nicht — — —
Das ist es. Du bist taub!
Wieviel Rücksicht hingegen nimmst du für die alte
Frau, die einen reichen Mann hat, wohlgeratene
        Kinder,
und der du *nichts* bist, nichts, in alle Ewigkeit!
Wieviel Rücksicht für Herrn v. G., Frau Z., und den
        Professor!?!
Und, siehe, alle sind *frei* von dir.
Das heißt, sie schlürfen deine Gnade,
wie ein Spaziergänger den Duft der Linden und des
        Jasmins!
Es *ist*, und ist *nicht mehr*.
Mir aber ist der Duft deiner Bluse, deiner Haare, deines
        Atems,
ewiges Verhängnis!
Noch bin ich tapfer, kann in mich hineinweinen.
Noch!
Bringe nicht grausam um *dein Kind*, das du *in mir*
        erzeugt hast,
    meine *Liebe*!
Oder bring' es um und wandle in Frieden die
Pfade der Gewöhnlichkeiten!
Man wird dich *haben* wollen, oder nicht!
Jedoch das Mittelding ist nur des *Dichters*!

Er will dich haben, und vom *Nichthaben* lebt er!
Lass' ihn *neben dich* setzen im Kaffeehaus, im
       Restaurant,
und geh' *an seiner Seite*!
Im Dampfschiff lass' ihm Platz, und überall,
ganz neben dir!
Lass' ihm seine ewigen Hochzeitstage,
die *dich* kaum sehr genieren!
Du gibst so wenig,
und er nimmt *so viel*!
Das soll dich freuen, Frau!
Ich sag' es nicht zu meinem Besten,
sondern zu dem *deinen*!
Ein besseres *Himmelsgeschäft* auf *Erden* kannst du nicht
   machen als *mit mir*!
Einer spendet dir den Reichtum seiner Seele
für einen Blick auf deine Kinderschultern,
die noch dazu von einem Stoff bedeckt sind!
Du gibst ein *Nichts*, und spendest *eine Welt*!
Ich rede dir zum letzten Male zu — — —
verschütte nicht die Schätze, die du schenkst!
Bald bist du arm, du weißt es nicht — — —
Dein müdes erstaunt-verlegenes Lächeln trifft dann
      meine tote Seele,
um deren Feuergeist du dir nie Mühe gabst!
Adieu — — —.

DREISSIG

Weißt du, daß du einmal alt wirst?!

Und daß die Männer sich nicht mehr es vorstellen werden können, daß du gefallen hast, ja, *begehrenswert* warst?!

Diese fatale *Umwandlung* deiner Person, die doch eigentlich *dieselbe* geblieben ist!?

Das wirst du alles erleben *müssen*, geliebteste Frau, und in Ruhe und in Würde, und in *scheinbarer* Selbstverständlichkeit!

Und siehe, noch ist einer da,

der dein Kopfkissen beneidet um dein Haupt,

und alle Düfte dieser schönen Erde

hergibt für den Duft deiner braunblonden Haare!

Noch ist einer da, der die Weintraubenbeere *beneidet*, in deinem Mund zu sein!

Und alles, alles, alles ist ihm *heilig*, was mit dir *irgendwie* zusammenhängt!

Auch dieser Zauber wird gebrochen werden, so oder so!

Was brauchst du, eigenwillig, eigensinnig, es zu beschleunigen?!

Lass' es der Zeit! Sie hilft dir sowieso!

LA ROCHE FOUCAULD

Ich habe in *La-Roche-Foucauld* einen Satz gefunden: „Man sollte nur *jenen* Frauen die *Ehre* erweisen, *eifersüchtig zu sein*, die uns die Gnade erweisen, uns *nie* eifersüchtig zu *machen*!"

VERSÄUMTES RENDEZVOUS

Ein dunstiger schwüler Tag — — —
Ich schlief bis 7 Uhr abends,
Verschlief das Rendezvous.
Und dennoch war es mir,
als ob *sie* es nicht eingehalten hätte!
Wie hat sie mein Versäumnis ausgenützt?!
Hat sie gekränkt *gewartet*, nein!?
Sie absolvierte ihr Programm,
Was ging sie's an, daß ich verschlief?!
Sie führte ihr Söhnchen zur Taubenfütterung nach
Venedig.
Dann „Cavaletto" und „Café Lawena".
Es war *meine* Schuld, daß ich nicht kam — — —.
Und *meine* Schuld war es, daß ich mich kränkte.
Was konnte sie dafür?!
Und doch!
Was *immer* in uns vorgeht in bezug auf die geliebte
Frau, *an Leid und Bangen* — — —
sie trägt zum Teil die *Schuld*!
Weshalb, wieso, das kann ich euch nicht sagen! Doch es
ist! Wie du es anstellst, Frau, daß wir *nicht* gekränkt sind,
das sei die *Genialität* deiner zarten Seele!

JALOUSIE

Eifersucht?!

Fraue, du steckst mir meine *Grenzen*?! Bis *dahin* und nicht weiter?! *Kindische* Törin!

Bin ich nicht eifersüchtig auf die Luft, die du in deinen geliebten warmen, feuchten Mund einatmest?!

Wie darf sie, ganz gefühllos, die weichen Innenwände deines Mundes spüren?!

Bin ich nicht eifersüchtig auf den Bissen, den du mit dem geliebten Speichel sanft umnässest?!

Von da zum Blick von Sympathie und Freude, zu einem lebendigen Mann, ist noch eine Welt!

Du *wunderst* dich, daß ich *verzweifelt* bin,

da ich dem *Löffel* doch schon deine Zunge *nicht* gönne!

Ich trauere um alle Schätze, die du so vergeudest; dem Bette deine Ausdünstung, dem Glase deine Lippen!

Aber beim „lebendigen Mann" ergreift mich der Irrsinn.

Weshalb stirbt er nicht momentan vor Glück, der feige Hund?!

An seiner Leiche würde ich weinen, ihn beneidend um seinen schönen Tod.

Jedoch, er geht *lebend* hinweg, und denkt: „Die könnt' ich haben!"

Fluch ihm, nein, *dir*!

KLAGE

Du nennst mich einen *Komödianten*!?

Weil du die *Fassungskraft* nicht hast für *mein Gefühl*;

oder weil du dir selbst *zu nichtig* vorkommst — — —.

Oder weil Frauen, die eifersüchtig sind auf meine Anbetung für dich, dir sagen, ich sei ein Komödiant!

Oder Männer, die es nicht wünschen, daß du meinem Fanatismus *menschenfreundlich zart* begegnest!

Oder weil *dir selbst* nichts daran liegt,

daß ich dich *lieb habe*!

Ja, das ist es!

Denn *gläubig* seid ihr *dort*, stupiden Ohres lauschend,

wo ihr es *hören wollt*!

Dort wird euch der *Trug* als *tiefste Wahrheit* klingen!

Uns aber laßt ihr *sterben*,

denn wir sind nicht wichtig für euren *schamlosen Egoismus*!

Ihr wißt, *wer* euch von Wichtigkeit hienieden!

Vertrödelt keine Zeit mit *an euch kranken* Seelen!

Die Gesunden *tun mehr* für euch!

Glaubt, o glaubt denen, die euch für eine Stunde nur besitzen wollen!

Sie meinen's ernst und gut mit euch!

Sie ahnen, daß ihr vielleicht zu anderem *nicht taugt*!

Ihr fürchtet euch, uns zu *enttäuschen*, die wir *Ideale* träumen!

Wie recht habt ihr, euch da nicht einzulassen!

Schon bei den *Fingernägeln* fängt die *Tragödie* an!

VERHÄNGNIS

Dein Atem, wenn du sprichst — — — ich saug' ihn ein in mich.

wie durstige Kindchen Milch aus Mutterbrüsten!

Er duftet auch wie Milch; und im Theater duftete deine seidene weiße Bluse wie süße Milch!

Willst du der dunklen, düsteren Pinie sagen, was sie dir ist?! Vergeblich!

Der weißen Magnolie, dem Jasmin, der Agave, der Hortensie?!

Und so die Frau!

Sie glaubt dir nicht — — —.

Weil es ihr *gleichgültig*, *deshalb* glaubt sie nicht!

Sie würde jedem Leeren, *Unwerten* glauben,

glauben, glauben, glauben,

wenn's ihr *darum zu tun wäre*, ihm zu glauben!

Das *blödeste* Wort erhielte seinen Klang und seine Süße! Und Macht und Wert!

Sie läßt sich nur betören,

wo sie bereits betört ist, *ehe* er betörte!

Und dennoch sag' ich dir, dein Atem, wenn du mit mir sprichst,

er duftet mir wie süße Milch,

wie Milch aus Mutterbrüsten dürstendem Kindchen!

Du wirst mir sagen, ich sei ein Narr — — —.

Gerade *diese* Narrheit aber nähmest du ernst,

bei *dem*, wo es dir *paßt*, sie *ernst* zu nehmen!

Ich bin ein Narr, das *nicht* zu wissen!

Ich *weiß* es! Und dennoch ändert's nichts. Ich bin also

ein tausendfacher Narr!

Der eine sagt: „Wie geht es, gnädige Frau?!"

Sie fühlt: „Wie lieb, wie zart besorgt er ist!"

Der andere kann vor Rührung gar nicht sprechen,

da sagt sie: „Heute sind Sie nicht sehr amüsant!"

Ein Kindchen aus der Schwarzwald-Schule schrieb in ihr Heft:

„Wieso kommt es, daß *immer* einen gerade die am wenigsten mögen,

die man am meisten lieb hat?!"

DIE BROSCHE

Sie ließ durch eine Freundin nachforschen, wieviel die Amethystbrosche gekostet habe, die ich ihr geschenkt hatte.

„15 Lire!" sagte sie dann zu mir. „Ich weiß, was das *bei Ihnen* bedeutet!"

„Es bedeutet ‚*Liebe*'!"

„Hätten Sie es auch noch für mich gekauft, wenn es 25 gekostet hätte?!"

„Auch!"

„Und bei 40?!"

„Nicht!"

„Weshalb?!"

„Weil es meine Verhältnisse überstiegen hätte!"

„Aber da fängt gerade die echte Liebe erst an!"

„Bei mir nicht! Bei mir hört sie da auf!"

VERSÖHNUNG

Und *etwas* bleibt zurück — — —.

's ist *nicht* wie nach dem Ungewitter der Natur,

wo alles wirklich reiner wird und blinkender — —.

So ist es *nicht*!

Man hat Konzessionen gemacht, beiderseits, um der Sache willen des dummen Lebens,

die wichtiger erschien zuletzt als klare Wahrheit!

Und dennoch ist die klare Wahrheit das *Wichtigste*!

Man kann ihr nicht entrinnen!

Sie sickert durch, sie gräbt sich durch, und sie bestimmt den Lauf des Lebensstromes!

Sie hatten sich versöhnt — — —.

Das *gibt* es *nicht*.

Versöhnt muß man sein, eh' man sich trifft!

Geboren einer für den anderen!

Versöhnung heißt: „Ich will *ein* Aug' zudrücken!"

Wie machst du es, wenn *beide* offen sehn?!?

AUSEINANDERSETZUNG

Sie sah ihn wieder.

„Wen verehren Sie jetzt, wen beglücken Sie jetzt mit Ihrer exaltierten Anbetung?!"

„Mitzi Thumb!"

„Diese?! Nun, und erwidert sie Ihre Zuneigung?!"

„Ja; sie sagt, daß sie meine Schwärmerei *verstehe*!"

„Das ist alles?!?"

„Ja, das ist *alles*! Unsere Begeisterung gerührt, erstaunt, milde, sanftmütig, ein wenig dankbar, annehmen können! Das ist *viel*. Das ist *alles*! Sie verstanden das nicht!"

„Nein, aufrichtig gesagt, ich verstand es damals nicht. *Jetzt* verstehe ich es — — —."

„Nein, jetzt *ebensowenig*! Dichterseelen verstehen — — — dazu muß man etwas von dieser zarten Seele selbst besitzen!"

LEGENDE

Man spricht so viel von Gottes schöner Welt — — —
und doch ist es um diese schlecht bestellt!

Gott und die Künstler erträumen sich die Frau
vollkommen, vom Haupt bis zu den Zehen.

Doch keine ist es.

Da kam ein Dichter traurig zu Gott und klagte: „Herr,
wir widmen unser Herz der Frauenschönheit, und keine ist
wirklich vollkommen! Zeige uns doch einmal eine, wie du
dir's gedacht hast!"

Da hatte Gott Mitleid mit dem enttäuschten Dichter,
und schuf *Mitzi Thumb*!

DER ANFANG

Der Anfang, der Anfang ist immer das Interessanteste, Wahrhaftigste, wirklich Merkwürdigste und eigentlich noch niemals Dagewesene, trotz hunderttausend Beispielen derselben Art. Später haspelt sich alles ab, wie es muß, und das Ende ist immer, immer verlogen und komödiantenhaft. Aber der Anfang, der Anfang, da ist noch keinerlei Routine, und da ist der schöne merkwürdige Zufall, daß man überhaupt in diesem Ozean des Lebens sich kennen lernte!

Man sagte mir immer: „Gehe doch hin zu ihr ins Sekretariat, sie fragt immer nach dir — — —." Endlich ging ich hin. Sie saß bei der elektrischen Lampe und las „Pasqual". Ich dachte: „Da du es nicht wissen konntest, daß ich kommen würde, ist es eine bedeutsame Lektüre für eine Siebzehnjährige." Da ich aber nur den Namen des Autors kannte, sprach ich wie immer über Verdauungshygiene. Plötzlich entstand Kurzschluß und es wurde im ganzen kleinen Palais finster. Ich sprach weiter und erklärte, daß der „obstipierte" Mensch unmöglich irgendwelche besondere geistige und seelische Qualitäten besitzen könne und daß Pasqual, der da aufgeschlagen vor ihr läge, jedenfalls und unbedingt, seinen Geist, falls er einen besonderen und hervorragenden gehabt habe, nur durch „Tamar Indien Grillon" sich habe erwerben können, es wäre denn, daß ein gütiges Schicksal ihm von Natur aus unter die Arme gegriffen hätte! Der Kurzschluß wurde repariert; es wurde wieder licht, und die junge Dame sagte:

„Ich habe schon längst bemerkt gehabt, daß Sie tadellose Frauenhände besäßen, so verklärte. Gestatten Sie, daß ich dieselben berühre?!"

„Bitte sehr — — —" erwiderte ich.

Das war der Anfang.

SANATORIUM FÜR NERVENKRANKE

Daß die „Nervenärzte" nichts verstehen, wäre eine *natürliche menschliche Eigenschaft* der meisten *Berufsmenschen,* wenige Genies ausgenommen. Aber daß sie ihre *schändliche Ignoranz* ausnützen auf „suggestivem Wege", indem sie die selbstverständlich viel mehr „über ihre eigenen Zustände" verstehenden Kranken durch ihren schmählichen Doktortitel, zu ihren „folgsamen kuschenden Hundesklaven" machen wollen, das ist eine *bodenlose feige Gemeinheit*! Eine Dame z. B. liebt ihre Schwester fanatisch, und ihr sich für sie aufopfernder Gatte kann gerade diese Schwester und den *Fanatismus seiner Frau* für dieselbe nicht ausstehen! Wenn *sie* ins Zimmer tritt, geht er aus dem Zimmer. Das erzeugt naturgemäß allmählich *Nervenzerstörung.* Der liebevolle Gatte schickt sie in ein „erstes", d. h. teuerstes Sanatorium. Dort sagt man nicht dem Esel von Gatten (gibt es überhaupt andere Tiersorten dieser Gattung?!): „Sie müssen mit der Schwester Ihrer Frau liebenswürdiger umgehen!" Sondern man verordnet „Lichtbäder" mit nachfolgenden kalten Duschen!

Die arme junge Frau klagt dem Arzte: „Mein Mann behandelt meine zärtlichst und fanatisch geliebte Schwester roh, verständnislos, lieblos vor allem gegen mich, die angeblich Geliebteste, Verehrteste!?! Ist das seine Opferfähigkeit?!?"

Der Arzt erwidert: „Nach zwanzig Lichtbädern mit nachfolgenden kalten Duschen wird sich das alles, alles geben! Sie werden dann die Dinge mit ganz anderen Augen anschauen — — —!"

„Aber Herr Doktor, die Liebe zu meiner Schwester — — —!"

„Auch das sind nur *vorübergehende Exaltationszustände*! Glauben Sie es mir, meine Gnädige, Ihr Fall ist ›typisch‹. Sechs Wochen bei uns, und Ihre Schwester wird Ihnen gleichgültig werden!"

LE LIDO

As-tu vu le sable brun de la mer?!
Non, je n'ai *rien* vu — — —
j'ai vu *Maria*!
As-tu vu l'eau sans fins et les écumes blanches?!
Non, je n'ai rien vu — — —
j'ai vu *Maria*!
As-tu entendu le bruit de la mer?!
Non, je n'ai rien entendu — — —
j'ai entendu la voix de Maria!
N'as-tu pas senti venir la *santé* du corps, par le soleil?!
Non, j'ai senti venir la *maladie* de l'âme, par Maria!

✱

Erfüllte Bitte um ein Autogramm, an Herrn Platon de Naxel, Venise:
    „Il y a un *mystère*, qui nous fait *vivre* — — — la femme!
Il y a une *réalité*, qui nous fait *mourir* — — — la femme!"

✱

„Ich habe kein Herz für Kleider," sagte sie.
„Weil Sie ein Herz haben!" erwiderte er.
„Nein, weil ich keine Kleider habe!"

✱

„Eine Frau kann gar nicht genug Canaille sein!" sagte die Schöne.
„Das halte ich für übertrieben," erwiderte er.
„Nein, er kommt ja doch *jedesfalls* einmal darauf, daß

265

wir seiner Liebe *unwürdig* sind!"

„Und wenn er nicht darauf kommt?!"

„Dann müssen wir ihn für diese *Stupidität* bestrafen!"

Druck der Spamerschen Buchdruckerei in Leipzig

www.ingramcontent.com/pod-product-compliance
Lightning Source LLC
Chambersburg PA
CBHW030641030726

47497CB00006B/1898

9 7 8 3 3 3 7 4 5 7 2 4 2